세 개의 주제와 일흔일곱 개의 서정

b판시선 62

하종오 시집

# 세 개의 주제와 일흔일곱 개의 서정

도서출판 b

내 나이 70, 종심從心의 해에 '아버지 어머니'와 '아내'와 '나'를 사유한 연작시를 모아 시집을 낸다. 각각의 시는 연작 제목 안에서 연결되나 독립적인 작품이다.

연작시 「아버지 어머니를 생각하며」에서는 아버지 어머니에 대하여 사유했다. 어쩌면 모든 자식의 생각이기도 할 것이다. 누구에게나 아버지 어머니는 말하려고 해도 다 표현될 수 없는 실체이고, 말할 수 없어도 다 표현되는 존재이고, 말하기 이전에 이미 다 표현되었으나 말한 이후에 다 표현되지 못하는 존엄이다. 그 실체와 그 존재와 그 존엄이 다시 누구인지를 이 시들에서 생각하는 각각의 화자는 모든 자식이고 모든 독자였으면 한다.

연작시 「아내에게」에서는 아내와 나는 홀로이 태어났으며 함께 살았으며 홀로이 죽을 것임을 사유했다. 아내도 나도 사라진 뒤, 아내와 내가 살았던 그 시간과 그 장소에 어떤 부부가 와서 살다가 사라질 것이다. 어떤 부부가 사라진 뒤, 또 그 시간과 그 장소에 다른 부부가 와서 살다가 사라질 것이다. 이런 일이 아내와 내가 홀로이 태어난 이유이고, 함께 산 이유이고, 홀로이 죽는 이유일 것이다. 세상의 모든 아내와 남편이 그런 이유를 가지고 있을 것이다.

연작시 「당신과 나를 위하여」에서는 원래 태어나지 않아서 존재하지 않았던 당신과 나, 그 다음 태어난 후 비로소 존재하게 된 당신과 나, 끝내는 죽어서 다시 존재하지 않게 되는 당신과 나의 생과 사를 사유했다. 시 속의 당신과 나는 늘 갈등하면서 또는 모순되면서 또는 합일하면서 살아온 자들의 이중이기도 하고 양면이기도 하다. 당신과 나는 기실 '나' 혹은 '당신'이라는 한 사람인 것이다. 그러면서 죽음에 다가가야 하는 존재이고, 존엄사에 다가가려는 존재이다. 이 시들을 쓰면서 그 존재와 그 존엄사를 넘어서 주체적 죽음의 형식인 안락사를 선택한 존재를 상상했고, 당신과 내가 종생할 때 안락사할 수 있기를 바랐다.

"2019년 서울신문, 2021년 서울의대, 2022년 한국리서치 등 세 번의 여론조사에서 의사 조력자살이나 안락사에 대해 우리 국민 10명 중 8명이 찬성했다. 국민의 웰다잉을 위한 정책이 지지부진하면서 크게 실망한 국민의 의사가 높은 찬성률에 반영됐다. 비참한 죽음에 대한 고발이기도 하다. (……) 이런 비극적인 현실을 접하면서 차라리 안락사를 선택하고 싶다는 사람이 늘고 있다. (……) 다행히 국민의 80%가 찬성하고 있다. (……) 해결할 수 없는 극한의 고통에 부닥쳤을 때 말기 환자의 남은 삶을 완성으로 마무리하려는 자발적이고 합리적이며 진정성 있는 선택을 인정해야 한다."
─(윤영호 서울대 의대 교수의 시론 「'의사조력자살' 전향적으로 볼 때다」, 〈중앙일보〉, 2023. 2. 3. 인터넷판 중에서.)

이 견해에 전적으로 동의한다. 생사에 대한 자기결정권은 마지막 인권으로 존중해야 한다.

이 시집으로 오래전에 '태어나지 않고 살았던 세상'으로 돌아가신 아버지 어머니를 추념하고, 지금 함께 이 세상에 머물고 있으나 언젠가 각자 '태어나지 않고 살았던 세상'으로 떠날 아내와 나를 위로한다.

# | 차 례 |

제2부 아내에게

제1부

아버지 어머니를 생각하며

# 전생前生, 생후生後
—아버지 어머니를 생각하며


1
내가 태어나지 않고 살았던 세상에서
아버지 어머니도 태어나지 않고 사셨다

태어나지 않은 나는
태어나시지 않은 아버지 어머니와 함께
처마 아래 앉아
날갯짓이 서툰 새가 있는지 찾아보기도 했고
마당에 나와 서서
해가 일찍 지지 않도록 산이 옮겨 다니는지 쳐다보기도
했고
집을 나서서
빨리 갈 수 있도록 줄어드는 길이 있는지 살펴보기도
했다

태어나지 않은 내가
태어나시지 않은 아버지 어머니에게
응석을 부릴 땐 새들이 지저귀기도 해서

세상이 평온하기도 했고
칭찬을 받을 땐 산들이 둘러서기도 해서
세상이 안정하기도 했고
꾸중을 들을 땐 길들이 구불거리기도 해서
세상이 불편하기도 했지만
대체로 세상에서
태어나지 않은 사람들은
태어나지 않은 나와
태어나시지 않은 아버지 어머니와
다투지 않고 대거리하지 않고 손가락질하지 않았다

다만 다른 점이 있기는 했다
태어나고 싶은 열망을 가졌어도
태어난 이후에 대해
태어나지 않은 사람들은 아무 생각을 하지 않았는데
태어나지 않은 나는 걱정을 많이 했고
태어나시지 않은 아버지 어머니는 기대를 많이 하셨다

2
내가 이 세상에 오기 전에
첫 번째 봤을 때
아버지 어머니, 방바닥에 나란히 앉아서
옷을 깁고 계셨다
두 번째 봤을 때
아버지 어머니, 텃밭 가에 나란히 서서
싹을 살펴보고 계셨다
세 번째 봤을 때
아버지 어머니, 이부자리에 나란히 누워서
주무시고 계셨다

아, 나는 아버지 어머니를 모시고
이 세상에 와도
의식주 걱정하지 않아도 되겠구나 싶어서
아버지 어머니의 잠 속으로 들어가
아버지 어머니의 꿈을 만들었다
이 세상에 오는 꿈, 이 세상에 머무는 꿈

네 번째 보면서
나는 아버지 어머니에게
이 세상에 오시기를 청하였다
집 안팎을 정리 정돈하고 계시던
아버지 어머니, 나에게 빙그레 웃고는
기꺼이 동행하셨다


3
내가 태어난 후에
아버지 어머니가 태어나셨다고
생각하던 날이 있었다


그런 날엔
내가 나무보다 더 빨리 그늘을 만들어서
사람을 쉬게 했을 거라는
내가 먹구름보다 더 빨리 비를 내려서
나무를 우거지게 했을 거라는

내가 해보다 더 빨리 빛을 뿜어서
먹구름을 흩어지게 했을 거라는
몽상도 곧잘 하였다

땅 위에 하늘 아래
아버지 어머니에 앞서서
감히 세상을 만들어보려다가
실패한 나를 대신하여
아버지 어머니가 나중에
제대로 세상을 완성하셨을 때
나는 아버지 어머니가 태어나신 뒤에
태어났다는 사실을 받아들였다

4
내 생일날
아들과 딸로부터 축하받았다
내 생일날
정작 축하받을 사람은

아버지 어머니라고 생각하다가
울음소리로 참말을 하는 아기인 나를 낳았는데
시로 허구를 말하는 노인으로 내가 늙어가고 있으니
아버지 어머니가 축하받고 싶어 하실지
갑자기 의구심이 들었다
이 세상에 태어났으면
출생한 자신이 축하받기보다
출산하신 아버지 어머니가 축하받으시도록
속 깊은 인간으로
아버지 어머니 가까이 살아가야 했는데
나는 겉도는 인간으로
아버지 어머니 멀리서 살아왔다
분가하기 전 내 생일날마다
한 상 가득 음식 차려 나를 축하해 주셨던
아버지 어머니에게
한 상 가득 음식 차려 내가 축하한 해가
분가한 후 내 생일날에 있었던가?

# 첫째가는 인간
—아버지 어머니를 생각하며


첫째가는 인간이라면,
인류를 아우르는 인간이라면*
아버지 어머니밖에 없다

세상을 살아오면서 나는
첫째가는 인간이 되고 싶어서
인류를 아우르는 인간이 되고 싶어서
밤이 다 가도록 낮이 다 가도록
책을 읽고 상상을 하고 시를 썼으나
정신은 책에 갇혀 버렸고
몸은 상상에서 벗어나지 못했고
됨됨이는 시에 못미쳤다

나는 아들딸을 낳고
아버지 어머니가 되고 난 후에야
겨우 깨달을 수 있었다
이 세상 모든 아버지 어머니가
남매를 낳아 길러서

첫째가는 인간이 되셨다는 것을,

남매를 남편과 아내로 만들어 주어서

인류를 아우르는 인간이 되셨다는 것을,

*『괴테와 톨스토이』(토마스 만 지음, 신동화 옮김. 도서출판 b. 22쪽)에는 이런 구절이
있다. "고리끼는 가령 이렇게도 말합니다. (중략) '보라, 이 얼마나 경이로운 인간이
세상에 살고 있는가?' 왜냐하면 그는 아주 보편적이고 첫째가는 인간, 인류를 아우르는
인간이라 할 수 있으니까."

# 나는 아버지, 나는 어머니
—아버지 어머니를 생각하며

내가 아버지가 되어 보려고 해도
나의 아버지는 나의 아버지대로 나의 아버지이셔서*
나는 자식에게만 아버지가 될 뿐
나의 아버지는 되지 않는다

내가 어머니가 되어 보려고 해도
나의 어머니는 나의 어머니대로 나의 어머니이셔서
나는 자식에게만 어머니가 될 뿐
나의 어머니는 되지 않는다

내가 나에게
나의 아버지가 되어 나를 바라보려면
나의 어머니가 되어 나를 바라보려면
언제나 나로 있어야 하는데
나는 자식에게
아버지가 되어 나를 바라보고
어머니가 되어 나를 바라본다

나는 아버지, 나의 아버지에게 아버지로 보이고 싶다
나는 어머니, 나의 어머니에게 어머니로 보이고 싶다

* 이상의 시 「오감도 시 제2호」에 이런 구절이 있다. '나의아버지가나의곁에서조을적에나
   는나의아버지의아버지가되고그런데도나의아버지는나의아버지대로나의아버지인
   데어쩌자고나는자꾸나의아버지의아버지의아버지의……아버지가되려느냐'

25

# 낙숫물 사념

—아버지 어머니를 생각하며

한밤 창가에 앉아 사념하는데
처마 낙숫물
뚝,
뚝,
뚝,

비 오려고 하면
빗물을 받으려고 물독을
처마 아래 갖다 놓으시던 젊은 아버지가 떠오르고
그 옆자리 세숫대야를 갖다 놓던 어린 내가 떠오른다

비 그치고 나면
빗물로 빨래하려고 물독에서
바가지로 퍼내시던 젊은 어머니가 떠오르고
그 옆자리 세숫대야에서 빗물을 두 손으로 떠 세수하던
어린 내가 보인다

뚝,

뚝,

뚝,

낙숫물 소리

내가 듣도록

비를 내려주는 이가 젊은 아버지이실까

한밤 창가에 나를 앉혀놓고

사념하게 하는 이가 젊은 어머니이실까


노인이 되어버린 자식한테 떠오르는

젊은 아버지와 젊은 어머니!

자식은 언제까지나 아이인 것이다

# 모독하는 짓
—아버지 어머니를 생각하며

아침저녁으로 마당을 비질하시던
젊은 아버지를 곧잘 떠올리며
아침저녁으로 시를 쓰지 않는
나를 힐책한다

밤낮으로 재봉틀을 밟으시던
젊은 어머니를 곧잘 떠올리며
밤낮으로 시를 쓰지 않는
나를 힐책한다

직업이 운전수였던 젊은 아버지는
트럭을 세워놓던 마당을
늘 말끔하게 치워 놓으셨고,
직업이 전업주부였던 젊은 어머니는
자식들이 벗어놓은 솔기 터진 옷을
늘 살펴 꿰매어 놓으셨다
직업이 시인인 나는
언제나 시를 쓰려고 애쓰지만

완성하지 못한다

시에 매료되어 지내기 위해
유리한 측에 가담하지 않고
사소한 사건에 집착하고
이익을 좇는 자들을 멀리하는 성격을
나는 스스로 터득했다고 말하고 싶다
아버지 어머니한테서
성격을 물려받았다느니 안 물려받았다니 따지면
아버지 어머니를 모독하는 짓

# 시간에 맞추어
—아버지 어머니를 생각하며


아버지 어머니는
말년이 너무 늦게 와서
꽃들을 실컷 구경했다고 생각하셨을까
말년이 너무 빨리 와서
꽃그늘에서 오래 쉬지 못했다고 생각하셨을까

느릿느릿하지도 않게 오고 가는 시간
빠릿빠릿하지도 않게 오고 가는 시간
꽃송이마다 꽃송이마다
느릿느릿하지도 않게 오고 가는 나비들
빠릿빠릿하지도 않게 오고 가는 나비들

나는
말년이 너무 늦게 와서
꽃들을 실컷 구경했다고 생각하고
말년이 너무 빨리 와서
꽃그늘에서 오래 쉬지 못했다고 생각하여
한 송이 꽃 한 송이 꽃

꽃송이마다 내려앉았다가 날아오르는 나비들을 보면서
느릿느릿하지도 않게 오고 가는 시간에 맞추어
빠릿빠릿하지도 않게 오고 가는 시간에 맞추어
꽃밭을 가꾼다

# 주인 되지 않으려는 마음

―아버지 어머니를 생각하며


나는 나의 아버지 어머니로부터

돈을 물려받지 못했고

땅을 물려받지 못했다

나는 나의 아버지 어머니로부터

무언가를 자기답게 간수하는

마음을 물려받았다

돈으로는 살 수 없는 햇빛을

나는 마음껏 쬐었고

땅으로는 일으킬 수 없는 바람을

나는 마음껏 쐬었다

주인이 없는 햇빛과 바람은 물론

주인이 없는 달빛과 별빛을

주인이 없는 빗방울과 눈송이를

주인이 없는 들풀과 곤충을

그대로 놔둠으로써 오롯하게 간수했다

나의 아버지 어머니가

애당초 아버지 어머니답게 주인 되지 않으려는 마음을

품으셨을

그것들에 대하여

나는 나답게 주인 되려는 마음을 끝끝내 품지 않았다

# 가문 날 물 한 잔
—아버지 어머니를 생각하며


가문 날 물 한 잔을 들고
의자에 앉아 마시다가
나는 생각에 젖어든다

손깍지를 끼고 뒤통수를 감싸고 있으면
지게를 지고 물을 길어 오시던 아버지와
동이를 이고 물을 길어 오시던 어머니가 떠오르고
주먹을 쥐고 턱을 괴고 있으면
두멍에서 바가지로 물을 떠서 들이키시던 아버지와
두멍에서 바가지로 물을 떠서 쌀을 씻으시던 어머니가
떠오르고
양손을 펴서 무릎 위에 놓고 있으면
대야에 물을 퍼 담아 세수하시던 아버지와
대야에 물을 퍼 담아 빨래하시던 어머니가 떠오른다

물 한 방울에, 물 한 움큼에
가문 날을 버티던 꽃과 채소에 생각이 미치면
나는 물 한 잔을 다 마시지 못한다

아버지 어머니는 더욱더 그러하셔서

허드렛물을 모아서 꽃밭과 채소밭에 부어주셨을 것이었
다


나는 생각을 중단하고

물이 남은 잔을 들고

바깥으로 나가다가

나를 향해 줄기를 트는 꽃과 채소 앞에 멈춰 선다

# 해독 <sup>解讀</sup>

—아버지 어머니를 생각하며


나의 속으로 아버지 어머니가 들어와 머무르셨다
아버지 어머니가 어느 날
나의 밖으로 나와서 바라보시니
내가 이미 아버지 어머니가 되어 있었다

이제 나의 아버지 어머니는
아버지 어머니가 된 나와 함께
세상을 해독하면서
흔쾌히 지내지 않을 수 없었다
아버지 어머니가 된 사람들이
반드시 영위해야 하는 일상이었다

내가 식탁에 대하여
밥상이라고 해독해도
아버지 어머니는 대체로 수긍하셨고
아버지 어머니가 의자에 대하여
방석이라고 해독하셔도
나는 대체로 수긍하였다

중요한 것은 함께 식사한다는 점이라는 데
의견 일치하였다


비로소 내가 아버지 어머니의 속으로 들어가 머물렀다
내가 어느 날
아버지 어머니의 밖으로 나와서 바라보니
아버지 어머니는 여전히 아버지 어머니이셨다

# 먹일 궁리
—아버지 어머니를 생각하며


자식을 분가시키고 나서부턴
쌀을 씻거나 설거지하다가
나는 뭉클해지곤 한다
나의 아버지 어머니는
무엇을 해서 나를 먹이셨는지
어떻게 해서 나를 먹이셨는지

나의 배를 불리기 위해
한 끼니를 마련하기 위해
지붕 위로 부는 바람 소리를
들으시지 않았을지도 모르고
창밖에서 선회하는 새를
보시지 않았을지도 모르고
대문을 열면 출발하는 길에 대해
말하시지 않았을지도 모른다

나도 그런 적이 잦았을 뿐더러
마음속에서 떠오르는 말소리를

들으려고 하지 않았고
심안이 향하는 쪽으로
보려고 하지 않았고
입 안에서 맴도는 말거리를
말하려고 하지 않았다

젊은 아버지 어머니였을 적엔
자식에게 먹일 궁리만 했고
늙은 아버지 어머니가 되고 나서부턴
나는 돌이켜 살피고 있다
무엇을 해서 자식을 먹였는지
어떻게 해서 자식을 먹였는지

# 도달
—아버지 어머니를 생각하며


산책하는 나에게
아버지 어머니도 산책하신다고
나의 발이 말을 건넨다

아버지 어머니의 발걸음으로
나는 걷고 있어서
느릿느릿 다리를 내밀고
천천히 뒤꿈치를 내디디며
아버지 어머니에게 도달할 수도 있다

이땐 아버지 어머니가
산책자이실 때겠지만
노동자이실 때에는
컨베이어벨트와 톱니바퀴의 발걸음으로 걸어서
빠릿빠릿 발을 들었다가 놓고
가쁘게 무릎을 굽혔다 펴며
나에게 도달하실 수도 있다

아버지 어머니가 통과하신 지점과
내가 통과한 지점이 겹쳐서
아버지의 발과 어머니의 발을 기억한다는 나의 발,
언제나 앞으로 나아가고 있어서 신뢰한다고
나는 나의 발에게 화답한다

# 무언 無言
—아버지 어머니를 생각하며


나는 내 입에게
그만 다물자고 타일렀다

나는 내 입이
아버지 어머니의 입을 물려받지 않았다고
주장하고 싶기도 했다

자신의 곤고함에 대하여
생의 무자비함에 대하여
아버지 어머니의 입은 무거워
아무에게도 발설하지 않았는데
내 입은 가벼워
아무에게나 발설해 버렸다
인간은 구질구질하다는 군말까지 보태어

아버지 어머니의 입이
내 입을 맞추고는
나에게 무언하기를 권했다

옹알이했던 내 입이 언제부터
푸념하는 내 입으로 바뀌었나?
나는 입을 다무는 경건함에 들고 싶었다

# 일 한 가지
—아버지 어머니를 생각하며


아버지 어머니가 손으로 하셨던 모든 일을
나는 배워서 다 하려고 애썼다

사람이면 누구나 할 수 있는 일,
이랑을 뒤집기 위해 괭이를 쥐고서 괭이질을 했고
곡식을 베기 위해 낫을 쥐고서 낫질을 했고
먹기 위해서 수저를 쥐고서 수저질을 했다

사람이면 누구나 해야 하는 일,
나를 위로하는 이에게 엄지손가락을 세웠고
나보다 잘하는 이에게 손뼉을 쳤고
나를 떠나는 이에게 손을 흔들었다

나는 손동작이 둔했어도
아버지 어머니가 손으로 하시지 않은 일을
배우지 않고도 해치웠다

사람이면 누구나 해선 안 될 일,

철 지나 지는 꽃들에게 추레하다고 손가락질을 했고
함부로 지저귀는 새들에게 날아가라며 주먹질을 했고
좀체 도망가지 않는 짐승들에게 돌팔매질을 했다

나는 아버지 어머니가 하시지 못한 일을
한 가지 했다
양손으로 노트북 키보드를 쳐서 시를 쓰는 일,

# 이를테면 이런 경우
—아버지 어머니를 생각하며

내가 자식으로 지내고 나서 말했다
자식은 아무것도 가져오지 않는다,고
내가 아버지 어머니로 지내고 나서 말했다
아버지 어머니는 무엇이든 가져오신다,고

이를테면 이런 경우,
함께 점심밥을 먹고 나서
추수가 끝난 들길을 산책하다가
집으로 돌아올 때
자식은 빈손으로 돌아오고
아버지 어머니는 논둑에 떨어져 있는
콩알을 주워와 씻어서
저녁밥을 할 때 넣으신다

평생 우두커니,
먼 산으로 저무는
해를 바라보기를 좋아했던 나는
자식으로 지냈던 동안엔

아버지 어머니에게 잔광을 가져다드리며
남은 생애를 위로하지 못했고
아버지 어머니로 지냈던 동안엔
자식에게 어스름을 가져다주면서
살아갈 생애를 예감하게 했다

# 육안과 심안과 천안<sup>天眼</sup>
—아버지 어머니를 생각하며

내 육안은 뭇사람을 보고
내 심안은 아내를 본다

아버지한테 물려받은 내 육안은
몰래 뒤통수치는 사람과
슬그머니 다리를 거는 사람과
멀리서 손가락질하는 사람을 향하고
어머니한테 물려받은 내 심안은
겉으로 웃는 가운데 속으로 우는 아내와
손을 잡고 있어도 이미 가슴으로 껴안은 아내와
씨를 뿌리면서 벌써 열매를 거둔 아내를 향한다

때때로 내 육안이 나를 들여다보면서
아버지가 안 보인다며 두리번거리면
나는 육안을 감고 아버지를 떠올리지만
때때로 내 심안이 나를 들여다보면서
어머니가 안 보인다며 두리번거리면
나는 심안을 감고 어머니를 떠올리지만

원근과 주야와 전후와 상하를 환히 본다는
천안이 나에게 있다면
내 육안은 아버지를 확인하게 될까
내 심안은 어머니를 확인하게 될까

나는 두 눈을 깜박거린다
아버지가 물려주신 내 육안에도
어머니가 물려주신 내 심안에도
뭇사람과 아내가 한꺼번에 보이도록

# 물리적 정서적
—아버지 어머니를 생각하며


나는 아버지가 되려고 하다가
아버지가 되었을까
아내는 어머니가 되려고 하다가
어머니가 되었을까

내가 아버지가 된 시간과
아내가 어머니가 된 시간이
물리적으로는 같을지 몰라도
정서적으로는 다르다
나는 뭉게구름이 피어오르던 시간에
아버지가 된 게 틀림없다
자식이 하늘로 보이니까
아내는 치자나무에 꽃이 피던 시간에
어머니가 된 게 틀림없다
자식이 땅으로 보인다니까

내가 아버지가 된 장소와
아내가 어머니가 된 장소가

50

물리적으로는 같을지 몰라도
정서적으로는 다르다
나는 나 자신이 아들이던 장소에서
아버지가 된 게 틀림없다
자식이 아버지로 보이니까
아내는 그 자신이 딸이던 장소에서
어머니가 된 게 틀림없다
자식이 어머니로 보인다니까

나는 아버지가 되려고 하지 않았는데
아버지가 되었을까
아내는 어머니가 되려고 하지 않았는데
어머니가 되었을까

# 전철前轍
—아버지 어머니를 생각하며


나는 젊은 아버지 어머니 시절,
먼 길을 막막하게 바라보았다
내가 걸어가야 할 길엔
너무나 미혹이 많아서
원근을 살펴볼 엄두를 내지 못했다
먼 길을 아내와 함께 걷다 보면
앞으로 나아가는 길도 뒤로 돌아가는 길도
결국 한길이었다

나는 늙은 아버지 어머니 시절,
먼 산을 그윽하게 바라보았다
내가 넘어가야 할 산엔
너무나 비밀이 많아서
고저를 살펴볼 엄두를 내지 못했다
먼 산을 아내와 함께 넘다 보면
앞으로 올라가는 길도 뒤로 내려가는 길도
결국 한길이었다

나의 아버지 어머니도
아내의 아버지 어머니도
젊으셨던 시절엔
먼 길을 막막하게 바라보셨을 것이고
늙으셨던 시절엔
먼 산을 그윽하게 바라보셨을 것이다
나와 아내는 전철을 밟았던 것이다
아버지는 그 누구도 아버지일 뿐이므로
어머니는 그 누구도 어머니일 뿐이므로

# 시절들

—아버지 어머니를 생각하며


나도 아내도 살아가서
늙은 아버지 어머니가 되는 곳에는
어떤 시절이 있다

도시에서는
유모차에 손자를 태워
놀이터에서 노는 정다운 시절이 있기도 하고
근린공원에 나와
벤치에 앉아 벚나무를 쳐다보는 한가한 시절이 있기도
하고
무료로 전철을 타고
하루 만에 멀리 여행을 다녀오는 외로운 시절이 있기도
하다

시골에서는
논바닥에 가뭄이 들어
물길이 끊겨 종종거리는 시절이 있기도 하고
태풍이 지나가면서

과수를 흔들어 낙과하는 망연한 시절이 있기도 하고
풀을 매지 못하여
고구마밭에 잡초가 우거지는 답답한 시절이 있기도 하다

평생 경험하지 못한 새로운 시절이 오면
나도 아내도 늙은 아버지 어머니가 된다
평생 예상하지 못한 낯선 시절에 붙잡혀서
나도 아내도 늙은 아버지 어머니가 된다

# 미소와 발짝 소리와 동작
—아버지 어머니를 생각하며

아내가
적막을 느끼는 날에
내가
웃음을 웃어 보인다면
내 안의 아버지 어머니가 지으시는
미소다

아내가
무작정 걸어가는 곳에서
내가
뒤따르는 기척을 느낀다면
내 안의 아버지 어머니가 내시는
발짝 소리다

아내가
무심히 하는 몸짓을 보면서
내가
시늉한다면

내 안의 아버지 어머니가 하시는
동작이다

실제로
아버지 어머니는
나와 아내를
분리하지 않으셨다

# 최초의 인류
—아버지 어머니를 생각하며

아버지 어머니가 태어나시기 전부터
자신이 태어나 있었다고
아내가 말했다

내가 태어난 후에
아버지 어머니가 태어나셨다고
생각하는 나에겐*
새롭지 않는 아내의 말이지만
아버지 어머니와
생년을 다투거나 따지는 일을
평이하게 보면
망상이지만
인간을 거스르는 상상력이라는 점에서 보면
전복이다

나나 아내가 아버지나 어머니를 낳고
아버지나 어머니가 할아버지나 할머니를 낳고
할아버지나 할머니가 증조할아버지나 증조할머니를 낳

고

　증조할아버지나 증조할머니가 고조할아버지나 고조할
머니를 낳고……
　거슬러 또 낳고 또 낳고 또 낳는다고 치면
　나나 아내나 최초의 인류가 된다


　좀 더 다른 세상이 시작될 수도 있었다고
　아내가 말했을 때
　나는 동의했다

* 「전생(前生)과 생후(生後) ─ 아버지 어머니를 생각하며」에는 이런 구절이 있다. '내가
　태어난 후에 / 아버지 어머니가 태어나셨다고 / 생각하던 날이 있었다'

# 광경들
—아버지 어머니를 생각하며


아버지 어머니와 함께 살았던 시절이
살 만했다고 나는 기억한다

아버지 어머니가
세 끼니 다
두레상 앞에 식구와 둘러앉아 수저질하시던 광경과
이웃이 놀러 오면
마루 끝에 나란히 앉아 들릴락말락 소곤거리시던 광경이
곧잘 떠오른다
식구와 여유로우시던 아버지로
이웃과 너나들이하시던 어머니로
고요한 생을 사셨다고 기억한다

나와 아내가 아버지 어머니가 되어
함께 살았던 시절이 살 만했다고
아들딸은 기억하게 될까
아버지 어머니가
끼니때가 되어도

식탁에 좀체 마주 앉지 못하여 의자가 비어 있던 광경과
이웃집이 상하좌우에 붙은 아파트에서도
이웃과 좀체 오가지 않던 광경을
무시로 봤을 것이다
나는 돈벌이를 하러 다니던 아버지였는데
아내는 안살림살이만 하던 어머니였는데
고요한 생을 살았다고 기억하게 될까


아들이 분가하여 젊은 아버지가 되어 살아가는 요즘
딸이 출가하여 젊은 어머니가 되어 살아가는 요즘
날마다 출퇴근하고 날마다 육아한다
살 만한 시절인지를 나는 의심하지 않는다
아들딸이 나중에 스스로 저마다 고요한 생을 살았다고
기억하기를 바란다

# 노릇
―아버지 어머니를 생각하며


내가 아버지였고 어머니였을 적에
아내도 아버지였고 어머니였다
아버지와 어머니로
굳이 나누지 않는 세상에서
나와 아내가 각각 아버지였고 어머니였을 적에
아침은 나의 아침과 아내의 아침으로 따로 있지 않았고
낮은 나의 낮과 아내의 낮으로 따로 있지 않았고
저녁은 나의 저녁과 아내의 저녁으로 따로 있지 않았다
물론 밤이 나의 밤과 아내의 밤으로 따로 있지 않아서
나는 나대로 아버지 노릇과 어머니 노릇을 다했고
아내는 아내대로 아버지 노릇과 어머니 노릇을 다했다
나와 아내 말고도 아버지였고 어머니였던 사람이 많아서
아침은 먼동으로 밝아서 낮으로 갔고
낮은 노을로 져서 저녁으로 갔고
저녁은 어스름으로 깊어 밤으로 갔다
밤은 별빛으로 반짝이며 아침으로 갔다
아, 모두가 아버지였고 어머니였을 적에
하루하루가 아침과 낮과 저녁과 밤으로 잘 이어져서

내가 아버지일 수 있었고 어머니일 수 있었고
아내도 아버지일 수 있었고 어머니일 수 있었다

# 전능
—아버지 어머니를 생각하며


아내가 아버지로서 잘하지 못한 일이 있었다면
아내가 심은 감나무가 감을 달지 못했을 테다
아내가 어머니로서 잘하지 못한 일이 있었다면
아내가 심은 국화가 꽃을 피우지 못했을 테다

내가 아버지로서 아내를 아버지로 봤을 때
아내는 큰 부성을 지녀서 감나무를 잘 돌봤고
내가 어머니로서 아내를 어머니로 봤을 때
아내는 큰 모성을 지녀서 국화를 잘 돌봤다

내가 다가가면 가만있는 감나무도 국화도
아내가 움직이면 잎사귀들을 트는 모양을 보면서
감나무와 국화가 아내의 전능으로
아내의 아들과 딸로 태어나고 싶어 하는 것 같았다
그런 느낌이 너무나 강해 나는 아내가 되고 싶기도 했다

아내가 아버지로서 잘한 일이 있어서
아내가 심은 감나무에서 홍시가 떨어졌을 테다

아내가 어머니로서 잘한 일이 있어서
아내가 심은 국화에서 황화가 시들었을 테다

# 장소
—아버지 어머니를 생각하며


내가 아내의 아버지였거나 어머니였던 장소가 있었을까
아내가 나의 아버지였거나 어머니였던 장소가 있었을까
자문자답을 해본다면
내가 아내의 아버지였거나 어머니였던 장소가 있었고
아내가 나의 아버지였거나 어머니였던 장소가 있었다

그 장소엔 과거와 미래가 있어서
둘레엔 꽃들이 송이송이 피어나 있었고
가까운 데엔 나무들이 알알이 열매를 맺었고
먼 데엔 산들이 우뚝우뚝 솟아나 있었다
하늘에는 햇빛과 구름과 바람이 뒤엉켜서
눈부시고 까마득하고 아련하였다

아내가 나를 아버지나 어머니로 여겼던 장소에서
나는 아내를 중심으로
꽃들과 나무들과 산들을 옮겨서 재배치해 주었고
하늘을 배후에 드리워 주었다
내가 아내를 아버지나 어머니로 여겼던 장소에서

아내는 나를 중심으로
꽃들과 나무들과 산들을 옮겨서 재배치해 주었고
하늘을 배후에 드리워 주었다

# 처지

―아버지 어머니를 생각하며

아내가 아버지 어머니일 때
내가 자식이 되어 보기로 했고,
내가 아버지 어머니일 때
아내가 자식이 되어 보기로 했다

아내와 내가
아버지 어머니로서
자식이 되어 본다는 것과
자식으로서
아버지 어머니가 되어 본다는 것이
혈족으로서는 동일한 일이 아닐 수 있어도
인간으로서는 동일한 일일 수 있기 때문이고,
아내가 아버지 어머니인 처지에서는
내가 아버지 어머니인 처지에서는
아내나 나나 각자의 아버지 어머니를
이해할 수 있는 마음만 오롯하기 때문이다
자식이란 누구일까

왜 굳이 서로에게

아버지 어머니가 되어 보기로 하지 않고

자식이 되어 보기로 하는지는

아내와 나 말고도 다들 이해할 것이다

# 모두
—아버지 어머니를 생각하며

아내가 아버지이고 어머니라는 사실과
내가 아버지이고 어머니라는 사실이
모두가 아버지이고 어머니라는 사실을
모두에게 실감하게 한다

모두가 아버지이고 어머니이면
아내와 내가 바라보는 풀꽃 옆에도
아내와 내가 밟는 돌멩이 옆에도
모든 아버지와 어머니가 계셨다가
좋은 일이 생기면 풀꽃에게 웃고
나쁜 일이 생기면 돌멩이에게 찡그리실 것이다

모두가 아버지이고 어머니이면
아내와 내가 가만히 서 있는 곳에도
아내와 내가 먼 길을 걷는 곳에도
모든 아버지와 어머니가 계셨다가
기쁜 일이 생기면 가만히 서 있다가 가고
슬픈 일이 생기면 먼 길을 걷다가 돌아오실 것이다

70

모두가 아버지이고 어머니라는 사실이
아내가 아버지이고 어머니라는 사실과
내가 아버지이고 어머니라는 사실과
너무나 잘 부응하여
아내가 아버지와 어머니가 아니어도
내가 아버지와 어머니가 아니어도
아내와 나는 무방하다고 생각하게 된다

# 명실공히
―아버지 어머니를 생각하며

아내를 아버지라고 하든
아내를 어머니라고 하든
아무도 의심하지 않는다

아내는 일하고 청소하고 밥하고 세탁한다
아버지가 하는 일이라서 한다고
어머니가 하는 일이라서 한다고
아내는 말한다

누군가 아내를 보고
아버지! 하고 부르면
마주 보고 손짓하고
어머니! 하고 부르면
마주 보고 손짓하는
아내는 누군가에게 명실공히
아버지 어머니이다

아버지를 아내라고 해도

어머니를 아내라고 해도
아무도 의심하지 않는다

# 다른 점, 같은 점
—아버지 어머니를 생각하며

아내가 아버지 어머니가 되었을 때엔
나도 아버지 어머니가 되었다

누군가 아버지 어머니가 될 때엔
먼동이 터오기 시작하고
어스름이 밀려오기 시작해서
날이면 날마다 끝이 없다

아내와 내가 아버지 어머니가 되었을 때엔
먼동이 터서 시작된 아침에
끝이 없는 하루가
아내와 나를 환한 햇빛 속으로 밀어냈고
어스름이 밀려와서 시작된 저녁에
끝이 없는 하루가
아내와 나를 캄캄한 어둠 속으로 밀어 넣었다

다만 다른 점이 있었다면
아내가 아버지 어머니가 되었을 때엔

먼동이 더 일찍 터왔다는 것이고
내가 아버지 어머니가 되었을 때엔
어스름이 더 늦게 밀려왔다는 것이다
그래도 같은 점이 있었다면
하루하루의 간격이 동일했다는 것이다

# 거생居生과 종생終生
—아버지 어머니를 생각하며


나와 아내가
충만한 아버지 어머니로 살았던 시간엔
도시 변두리 작은 화단에서
어린 아들딸과 함께
앵두나무에 열린 앵두를 땄고
대추나무에 익은 대추를 땄다

요즘 가끔 생각해 보면
나와 아내는 각자
충만한 아버지로는 어린 아들과 목욕하러 다녔고
충만한 어머니로는 어린 딸과 장보러 다녔으나
한가한 아버지 어머니로 살았던 시간엔
시골 동네 자드락길가 집 마당에
봄에 꽃을 보려고 모란을 심었고
갈에 꽃을 보려고 국화를 심었다

나와 아내가
진지한 아버지 어머니로 살았던 시간엔

어린 아들딸이 다 자라서
앵두나무도 대추나무도 잊고
모란도 국화도 잊어버리고
나와 아내에게서 떠나
아버지가 되고 어머니가 되어 살았다
나와 아내는
거생이 길었다고 반성하면서
종생에 다가서는 방법을 이야기했다

# 사실과 실감

—아버지 어머니를 생각하며

처음엔 할아버지 할머니를 보고 알게 되었고
다음엔 아버지 어머니를 보고 알게 되었다
이 세상에 온 나와 아내도
이 세상을 떠나게 된다는 사실을

나와 아내는
할아버지 할머니가
한낮에 무심하게 듣던 바람 소리를
한낮에 무심하게 듣게 되었을 때
할아버지 할머니가 되어 있었고,
아버지 어머니가
한밤에 애잔하게 보던 달무리를
한밤에 애잔하게 보게 되었을 때
아버지 어머니가 되어 있었다

바람 소리를 좇게 되다가
달무리를 향하게 되다가
종생하는 나와 아내는

처음엔 아버지 어머니였다는 사실을 실감하게 되었고
다음엔 할아버지 할머니였다는 사실을 실감하게 되었다

# 저세상

―아버지 어머니를 생각하며

병드신 아버지는
나와 아내의 수발을 받다가 저세상 가셨다
병드신 어머니는
나와 아내의 수발을 받다가 저세상 가셨다

그래도 나와 아내는
집에서 자리보전하시던 아버지가
저세상 가시 전에 문득 한 번
나와 아내에게 일으켜 달라고 부탁해서
유리창문으로 얼핏 보셨던 골목길을 보지 않았다
집에서 자리보전하시던 어머니가
저세상 가시기 전에 문득 한 번
나와 아내에게 일으켜 달라고 부탁해서
유리창문으로 얼핏 보셨던 해거름을 보지 않았다

나와 아내가
늙은 아버지가 되어 병이 든다면
늙은 어머니가 되어 병이 든다면

아들딸한테 수발을 받게 될까
이미 아들딸도 아버지 어머니가 되어 있다

그래도 나와 아내는
아버지가 저세상 가셨던 나이만큼 살 땐
유리창문으로 골목길을 오래 보도록 해달라는 부탁을
아버지로서 아들딸에게 할 게고
어머니가 저세상 가셨던 나이만큼 살 땐
유리창문으로 해거름을 오래 보도록 해달라는 부탁을
어머니로서 아들딸에게 할 게다

제2부

아내에게

# 살았으매 그 시간 그 장소
—아내에게


아내가 날마다 봄을 열며 살았으매
그 시간에 보리수가 꽃을 피우고
그 장소에서 내가 숨을 쉬었네

아내가 가냘프고 갸름해서
가냘프고 갸름해진 봄,
덩달아 보리수와 내가
가냘프고 갸름해졌네

일 년 삼백육십오 일을 봄으로 알아버린
나비와 꿀벌들이 늘 날아들었네
보리수는 꽃내음을 진하게 풍겼고
나는 심호흡을 자주 하였네

그러면 봄이 커다랗고 둥그레져서
여름갈겨울이 한꺼번에 와 머물렀네
모든 나무가 맺고 떨구는 열매를
일 년 내내 주워 먹으며

아내도 나도 커다랗고 둥그레졌네

아내와 내가 평생 함께
꽃잠을 자고 들숨 날숨을 고르며 살았으매
나비가 꽃가루를 옮기던 그 시간마다
꿀벌이 꿀을 따던 그 장소마다
아내와 나는 온갖 꽃을 보았네

# 달밤

―아내에게

달빛 속으로 달빛 속으로
젊은 아내가 걸어왔다
달빛 속으로 달빛 속으로
늙은 내가 걸어갔다
서로 알아보지 못하고 지나쳤다
달밤이 더 환해졌다

달빛 속으로 달빛 속으로
젊은 내가 걸어갔다
달빛 속으로 달빛 속으로
늙은 아내가 걸어왔다
서로 알아보지 못하고 지나쳤다
달밤이 더 환해졌다

젊은 나와 젊은 아내는
달이 뜨기 전에 달이 뜨기 전에
같이 걸어 다닌 적 있었고
늙은 나와 늙은 아내는

달이 진 후에 달이 진 후에
같이 걸어 다닌 적 있었다
그렇게 같은 시절엔
달밤에 잠들어 백 년을 살았다

# 장마
—아내에게


비 오는 날에 아내는
빗방울 속으로 들어간다

빗방울이 제 속에 담은
바람은 둥그스름하다는 걸
아내에게 보여주는데
나에게도 보인다

빗방울이 제 속에 담은
천둥소리는 조그마하다는 걸
아내에게 들려주는데
나에게도 들린다

둥그스름한 것과 조그마한 것이
비 오는 날에 더 있을까
빗방울 속에서 아내가 둥그스름해져서
나에게 둥그스름한 바람을 보여주고
빗방울 속에서 아내가 조그마해져서

나에게 조그마한 천둥소리를 들려준다

비 오는 날에 나는
아내가 빗방울 밖으로 나올 때까지
바람이 둥그스름해도 못 본 척하고
천둥소리가 조그마해도 못 들은 척하고
빗줄기를 보고 빗소리를 듣는다

# 대화
—아내에게


늙은 내가 늙은 아내와 마주 앉아 대화하고 있으면
젊은 내가 젊은 아내와 마주 앉아 대화하고 있다

젊은 내가 젊은 아내보다 먼저
하늘이 높다거니 하늘빛이 맑다거니
꽃이 피었다거니 꽃빛이 곱다거니
정담하는 오늘,
젊은 내가 하는 말을 젊은 아내가 끊지 않아서
늙은 내가 말문 트여 늙은 아내와 이야기한다

늙은 내가 늙은 아내보다 먼저
오래 살았다거니 아직 더 살아야겠다거니
죽으려면 일찍 죽어야 한다거니 단숨에 죽어야 한다거니
허언하는 오늘,
늙은 내가 하는 말을 늙은 아내가 들어주어서
젊은 내가 말귀 트여 젊은 아내가 하는 이야기를 듣는다


젊은 아내가 젊은 나에게 귓속말로 이야기한다

늙어서 말이 많아졌지요?
늙어서 뜻을 알고나 말하나요?

늙은 아내가 늙은 나에게 큰 소리로 이야기한다
젊은 시절엔 말수가 적었어요
젊은 시절엔 말투가 좋았어요

# 말소리와 웃음소리
—아내에게


어린 손주가 집에 놀러 오면
말소리와 웃음소리가 가득 찬다

혼자서도 여럿이서도 잘 노는 어린 손주는
나와 아내가 모른 척해서 혼자 놀게 되면
노랫말을 흥얼대며 깔깔거리고
나와 아내가 졸리다 못해 같이 놀게 되면
말장난하면서 하하거린다

어린 손주의 말소리로
꽃바람이 집에 들어오기도 하는 날,
어린 손주의 웃음소리로
꽃향기가 집에 들어오기도 하는 날,
할아버지와 할머니가 된 걸
실감하는 나와 아내는
말문이 트인 어린 손주에게
새로운 낱말로 말을 걸어 보고
웃음보가 터진 어린 손주에게

소리 없는 미소를 지어 보인다

어린 손주가 떠난 뒤
말소리와 웃음소리가 들리지 않으면
꽃바람이 불지 않고
꽃향기가 퍼지지 않는다
어린 손주가 다시 놀러 올 때까지
집에선 아무 소리가 나지 않는다

# 방
—아내에게


아내가 책을 읽고 있는 아내의 방은
내가 책을 읽고 있는 나의 방이 아니다
아내가 생각에 잠겨 있는 아내의 방은
내가 생각에 잠겨 있는 나의 방이 아니다


아내의 방은 나 모르게
책을 버리고는 텅 빈 채로 있어
아내에게 생각을 중단시킨다
나의 방은 아내 모르게
책을 버리고는 텅 빈 채로 있어
나에게 생각을 중단시킨다


기쁨도 슬픔도 점점 희미해지는 요즘,
아내의 방이 나의 방 안으로 들어와서는
아내와 나를 거북하게 하고,
나의 방이 아내의 방 안으로 들어가서는
나와 아내를 거북하게 한다
같이 읽어야 할 책이 없는데

같이 생각해야 할 거리가 없는데

나의 방 안에 들어와 있는 아내의 방을
내가 내보내고는 나 홀로 있는다
아내의 방 안에 들어가 있는 나의 방을
아내가 내보내고는 아내 홀로 있는다

# 지난여름들

—아내에게


아내가 일생 보낸 여름은

어떤 여름이었을까

무더운 날

마당을 내다보다가

마당 너머 논을 건너다보다가

논 건너 산을 쳐다보다가

아내가 되돌아볼 지난여름들,

10대 시절 어떤 해 여름엔 고향 강가 미루나무 아래 마냥

서 있었을까

20대 시절 어떤 해 여름엔 지방 소도시 거리를 돌아다녔을

까

30대 시절 어떤 해 여름엔 거대 도시 변두리 동네에서

어린 아들딸이랑 놀았을까

40대 시절 어떤 해 여름엔 학교에서 돌아올 아들딸을

기다렸을까

50대 시절 어떤 해 여름엔 부엌에서 시원한 저녁 반찬을

준비했을까

60대 시절 어떤 해 여름엔 뙤약볕을 쬐며 꽃밭에서 풀을

뽑았을까

　지금은 70대 시절,

　한 번 더 반복할 수 없는 이 일들이 아련하겠다

　지난여름마다 있었을 하고많은 일 중에서 이 일들만 떠올

릴까

　아내가 마당을 내다보는 무더운 오늘은

　지나간 해엔 없었던 여름이겠지

　아내가 마당 너머 논을 건너다보는 무더운 오늘은

　다가오는 해엔 없을 여름이겠지

　아내가 논 건너 산을 쳐다보는 무더운 오늘은

　올해에 딱 한 번만 있는 여름이겠지

　문득 이런 올여름을

　종생에 가까워진 어느 해 여름이 되어서야 되돌아보며

　다 기억한다, 말하게 될까

　다 잊었다, 말하게 될까

# 일상
—아내에게


잠 깬 후에 아내가 아침밥하고 내가 설거지했네
일하다가 아내가 점심밥하고 내가 설거지했네
잠자기 전에 아내가 저녁밥하고 내가 설거지했네
밥때 사이사이에
밭에 나가 김매고 북돋우고
나무 그늘 속에 들어가 먼 산 구경하며 쉬고
처마 아래서 호미 닦아놓고 신발 털었네
어제는 들판 끝머리에 걸어갔다가 돌아왔네
오늘은 산꼭대기에 올라갔다가 내려왔네
내일은 마을 구석구석 어슬렁거릴 것이네
지금은 밤이 깊어가는 때,
잠시 바깥에 나와 별자리 쳐다보며
무엇이 무변에서 와서 무변으로 가는지 생각하다가
불 꺼진 이웃집 바라다보면서
평생 농사지은 남편이 먼저 세상 뜨고 나서
죽음이 무섭다는 노파를 떠올려 보다가
허망과 허무, 소멸와 절멸을 구분하지 않네
젊었을 적엔 육십 지나면 죽어야겠다고 별렀는데

환갑 넘기고선 죽을 날 미루는 자신이 애잔하네
작년엔 작은 집 짓고 이사해서 울타리 쳤네
금년엔 아내가 팔 부러진 걸로 액땜했다고 치부하네
내년엔 내가 인생살이 다르게 바뀔지 알 수 없네

# 맞은편과 옆자리
—아내에게


초로의 아내와 초로의 내가
마주 앉아 식사하네
맞은편에 앉는다는 건
옆자리에선 재미있을 일이 없다는 뜻

초로의 아내가 밥 한 숟가락 떠먹고
초로의 내가 밥 한 숟가락 떠먹네
초로의 아내가 찬 한 젓가락 집어 먹고
초로의 내가 찬 한 젓가락 집어 먹네

초로의 아내와 초로의 내가
밥그릇에 숟가락질하는 때가 같고
찬그릇에 젓가락질하는 때가 같네

젊은 나와 젊은 아내가
옆자리에 앉아 서로가 먹던 수저로
서로에게 재미로 먹여주던 끼니를
이제 다신 못할 것으로 여겨지니

맞은편에 앉아
젊은 아내가 식사해도
초로의 내가 알아보지 못하고
젊은 내가 식사해도
초로의 아내가 알아보지 못하네

# 꽃 도둑들

—아내에게


1

내가 아내를 데리고 산에 가서 야생화를 캤다


꽃과 잎과 뿌리가 쳐다보든 말든
산이 에워싸고 굽어보든 말든
사람에게만 안 들키려고
사방팔방 두리번거렸다


꽃잎이 주인이라고 생각하지 못했다
이파리가 주인이라고 생각하지 못했다
뿌리가 주인이라고 생각하지 못했다
더욱이나 산이 주인이라곤 생각하지 않았다


아무한테도 허락받지 않고
나는 산에서 야생화를 캐 아내에게 건넸다


2

집 둘레에서 자라는 야생화를

낯선 이웃이 지나가다가
아내가 보이지 않으면
얼른 캐서 검정 비닐봉지에 담는다
야생화쯤 가져가는 짓거리는
아내에게 허락받지 않아도
도둑질이 아니라고 여기는 낯선 이웃은
그러나 이내 들켜 도둑이 되고 만다
야생화의 소유권자는 땅바닥,
낯선 이웃이 훔쳐 가지 못하도록
흙먼지를 일으켜 눈에 들어가게 하고
벌레들을 들쑤셔 손을 물게 한다
그러면 아내가 나타나 캐어 그냥 건넨다


3
야생화 중 어떤 꽃은
뿌리를 사방으로 뻗어
새싹을 내며 번져서
잡초가 돋아날 틈을 내주지 않는다

이런 야생화를 구해와서
집 둘레에 심은 나와 아내,
게으른 나는 풀매기 싫어하는 사람이어서
누가 후무려도 전혀 알지 못하고
꽃빛을 즐기는 아내는 심미안을 지닌 사람이어서
누가 슬쩍해도 일부러 보지 않는다

낯선 이웃들이 훔쳐 가서 집 둘레에 심은
야생화를 발견하게 되어도
나는 전혀 안중에 두지 않고
아내는 일부러 심중에 두지 않는다

야생화 가운데 어떤 꽃은
제 무리가 한 움큼씩 뽑혀 없어져도
금방 빈자리에 총총히 번져 메꾸어서
꽃 도둑들이 다녀가셨다는 걸
나와 아내에게 감춘다

4
아내와 함께 마을길을 걷다 보면
평소 보지 못하던 꽃을
이웃집에서 구경하게 된다

그런 꽃은 대개
우리 집에서 아내가 심은 한두 포기가
무더기로 번진 야생화인데
한 움큼 뽑아가도 표나지 않는다

야생화는 아무 데나 자라는 꽃이어서
도둑과 주인을 구분할 수 없다고 여길 게다
이 집에서 캐어 저 집에다 심으면 도둑이라고 생각하지
않을 게다
이 집에서 훔쳐 저 집에다 숨기면 주인이라고 생가할
게다

이웃집에서 자라는 야생화가
우리 집에서 평소 자라는 야생화와 같을 때
우리 집과 이웃집을
다 제집으로 삼고 싶은 야생화가 자진해서 옮겨 갔다고
아내는 믿으려고 한다


5
남의 집 울 밑에 핀
꽃을 훔치는 자들에는
두 부류가 있다
꽃이 보이면
줄기를 꺾어서 가져가는 부류가 하나
뿌리째 캐어서 가져가는 부류가 또 하나


하나의 부류는
내년에 새 꽃이 피면
남들이 볼 수 있도록 제자리에 놔두는 거고
또 하나의 부류는

내년에 새 꽃이 피면
자신만 볼 수 있도록 안마당에 옮겨 심는 거다

아내와 나는
남의 집 울 밑에 핀
꽃이 눈에 보여도
줄기를 꺾어서 들고 오는 일이 귀찮고
뿌리째 캐어서 들고 오는 일이 귀찮아서
곁눈질하며 지나가므로
전자 축에도 들지 않고
후자 축에도 들지 않는다
다만 꽃향기를 흠, 흠, 훔치며 지나간다

# 열매의 주인
—아내에게


마당가에 심은 살구나무가

울타리를 넘어

마을길가로 가지를 뻗은 뒤

살구꽃이 송이송이 피었다가 지고

살구가 조롱조롱 열려서 익었다

살구꽃이 피었다가 지는 동안

마을 사람들이 예쁘다고 입을 모으면

아내는 기분 좋아하다가

살구가 열려서 익는 동안

마을 사람들에게 슬그머니 손탈까 봐

애태우다가 달리 생각하였다

울타리 안은 마당, 마당 주인은 아내,

울타리 밖은 마을길, 마을길 주인은 마을 사람들,

살구나무 외에도 체리나무 감나무

울타리 안 마당에 뻗은 여러 가지에 달린 열매의 주인은

아내,

울타리 밖 마을길에 뻗은 여러 가지에 달린 열매의 주인은

마을 사람들,

# 낙엽의 주인

―아내에게

마당에 떨어진 감나무 낙엽을
아내가 빗자루로 쓸어 모으고
내가 손수레에 담아 버렸다

아내와 나는
마당의 주인이라고 믿으므로
마당에 서 있는 감나무의 주인이라고도 믿었다

낙엽을 치우는 아내와 내가
손수 마당에 심었다고는 해도
감나무가 저 스스로 자라서
잎들을 돋워냈다는 생각이 문득 들자,
낙엽의 주인은 감나무라는 생각도 들어서
떨어진 대로 가만 놔두기로 했다

우리의 눈에서 떨어진 눈물의 주인이 우리이듯

# 축경縮景과 차경借景

—아내에게


1

봄에 생강나무들이 꽃을 피운 산기슭은
아내와 내가 어디에서든 바라보고 싶은
따스한 풍경이다
봄이 햇볕을 커다랗게 부풀리고
생강나무들이 꽃빛을 멀리 퍼뜨리고
산기슭이 높다랗게 서 있는 풍경을
작게 줄여서 두 눈에 담고 다니면
낯선 풍경으로 바뀌어 보이므로
아내와 나는 마음속에 원상태로 담고 다닌다
그러면 아내와 내가 어디에서든
낯선 풍경을 바라보기만 해도
봄이 햇볕을 커다랗게 부풀리게 되고
생강나무들이 꽃빛을 멀리 퍼뜨리게 되고
산기슭이 높다랗게 서 있게 된다


2

가을에 유리창으로 바라보이는 산등성이에는

나무들이 줄지어 서서 능선을 이루고 있다
아내와 내가 보기에 더할 나위 없는 풍경이라서
메마른 낙엽을 겨울한테 빌려오지 않아도 되고
노란 산꽃을 봄한테 빌려오지 않아도 되고
짙푸른 녹음을 여름한테 빌려오지 않아도 된다
아내와 내가 가서 빌려달라고 부탁한다 해도
가을의 풍경을 좋아하는 나와 아내를 이미 잘 아는
겨울은 메마른 낙엽이 떨어지도록 내버려 둘 테고
봄은 노란 산꽃이 시들도록 내버려 둘 테고
여름은 짙푸른 녹음이 옅어지도록 내버려 둘 테다

# 설경놀이
—아내에게


길가 감나무에 앉아 있는 까치는
봉우리와 골짜기를 둘러보고 나서
가장 바라보기 좋은 자리를 택하였을까
이웃집 마당에 앉아 있는 집개는
목줄을 풀고 들판을 쏘다니고 나서
가장 바라보기 좋은 자리를 택하였을까
아내와 나는 가장 바라보기 좋은 울 밖에 나와서
눈을 바라보는 까치와 집개까지도
한꺼번에 다 바라본다
눈
이
내
려
설경이 되자
설경에 더욱
내
리
는

눈

까치가 즐기는 설경에는

눈에 덮이는 아내와 나와 집개가 어떻게 있을까

집개가 즐기는 설경에는

눈에 덮이는 아내와 나와 까치가 어떻게 있을까

아내와 내가 즐기는 설경에는

눈에 덮이는 까치와 집개와 아내와 내가 아련하게 있다

# 인간에게 주어진 시간과 장소
—아내에게


식사하는 시간과 장소를 마련해 놓는 건
불에 익히거나 양념해서 먹는 인간뿐,
배고프면 시시때때로
날것 그대로 먹는 먹이를 구하러
새는 공중을 날아다니고
들고양이는 논둑을 돌아다니고
청설모는 산발치를 뛰어다닌다

나는 열두 시부터 주방 식탁에 앉아
점심 식사를 하면서
공중을 올려다보며 새를 찾아보고
논둑을 바라다보며 들고양이를 찾아보고
산발치를 건너다보며 청설모를 찾아보다가
내가 잘 지낸 시간이 밥 먹은 시간이고
내가 잘 지낸 장소가 밥 먹은 장소라는
느낌이 들고 나서는
날마다 아침 식사도 저녁 식사도
아내가 마련해주는 시간과 장소에서 한다

그러고 보니 아내가 마련해주는 시간과 장소가 더 있다
도시에서는 남들이 출근해서 퇴근하는
오전 아홉 시부터 오후 여섯 시까지였지만,
시골에서는 이웃들이 논밭에 나갔다가 돌아오는
해 뜨는 아침부터 해 지는 저녁까지
나는 매일 작은 방에서 책을 읽고 시를 쓴다
이땐 새도 들고양이도 청설모도 잊고
상상한다, 지금 인간에게 주어진
시간은 언제쯤이고 장소는 어디쯤인지

# 소외를 견디는 시간
—아내에게

상수리나무에서 마른 잎이 떨어져
바람을 굴리는 초봄이다
산수유나무에서 꽃망울이 터지며
햇빛을 되쏘는 초봄이다

언제까지 마른 잎은 바람을 굴릴까
언제까지 꽃망울은 햇빛을 되쏠까
아내와 내가 보면
마른 잎마다 바람이 다 다르다
꽃망울마다 햇빛이 다 다르다

초봄엔 아내와 내가 두 사람이 아니라
몇 사람으로 있어
각각 상수리나무와 산수유나무에게
마른 잎을 더 떨어뜨리도록 바람을 일으켜 주고
꽃망울을 더 터뜨리도록 햇빛을 끌어당겨 준다

마른 잎도 꽃망울도

한 사람으로 있는 아내보다
한 사람으로 있는 나보다
몇 사람으로 있는 아내와
몇 사람으로 있는 나를 좋아하는지
풀, 풀, 풀…… 떨어지고 탁, 탁, 탁…… 터진다

# 고통을 말할 때
—아내에게


내가 들에 나가 들에게 고통을 말할 때
다 듣고 난 들이
바람을 불어오게 놔두고
논둑을 허물어지게 놔두어서
나는 바람을 실컷 맞으며
논둑을 조심스레 밟으며 돌아오고,
내가 산에 올라 산에게 고통을 말할 때
다 듣고 난 산이
낙엽이 구르도록 놔두고
바위가 가만하도록 놔두어서
나는 낙엽을 오래 바라보며
바위에 한참 동안 앉았다가 내려오고,
내가 아내에게 다가가 고통을 말할 때
아내가 미처 듣지도 않고
들에 나가 보지 않은 탓이라거니
산에 올라 보지 않은 탓이라거니 하면
아내를 데리고 들에 나가
아내를 데리고 산에 올라

내가 아내로 하여금 고통을 말하게 한다
그러면 들도 산도 여럿이 된다
그러면 나도 아내도 여럿이 된다

# 자신을 품는 장소
—아내에게


아내가 외출했다
나는 양팔로 가슴을 껴안고
마당가에 선다
허공에서 넘쳐난 바람이
팔락팔락 소리를 내면서도
나에겐 말을 걸지 않는다

아내를 기다린다
나는 양팔로 가슴을 껴안고
난간에 걸터앉는다
허공을 넘어온 새가
할끗할끗 고갯짓을 하면서도
나에겐 눈길을 주지 않는다

나는 나를 느끼며
집 안으로 들어온다
아내가 아직 귀가하지 않았다
문틈으로 바람과 새가 뒤따라왔다가

나 자신을 양팔로 부여안는 나를 보고는
허공에 나가 각각 제 자신을 품는다

# 별것 아니라는 느낌
—아내에게

숲속을 걸어가다가
햇빛이 비치고
바람이 살랑일 때
나무들 아래 서 있으면
나와 아내가 별것 아니라는 느낌이 든다

나와 아내를 위하여
햇빛이 내리고
바람이 분다고
늘 느껴 와서
나와 아내를 별것이라고 여겼던
도시 거리에서 떠나온 나와 아내가
숲속을 걸어간다
어떤 나무들은 나와 아내보다 햇빛을 더 받는 게 틀림없다
그 나무들은 다른 나무들에 비해 가지들이 길어져 있어
별것이고
나와 아내는 다리를 후들거려서 별것 아니다
어떤 나무들은 나와 아내보다 바람을 더 맞는 게 틀림없다

그 나무들은 다른 나무들에 비해 잎들이 삐죽해져 있어
별것이고
나와 아내는 팔을 흔들거려서 별거 아니다

나와 아내가
각자 다른 시간에 종생해서
함께 숲속을 걷게 되지 못하면
각자 별것이라고 느끼게 될지 모른다
숲속에 옮겨져서
햇빛에 삭는 뼛가루라는 별것
바람에 흩어지는 뼛가루라는 별것

# 늙어가는 날들
—아내에게


부지런한 아내는 꽃들과 과실수들을 돌보고
게으른 나는 거드는 척한다


아내가 꽃가지를 꺾어 물컵에 꽂아 식탁 위에 놓으면
나는 꽃잎이 시들어 떨어지는 날까지 꽃구경만 한다


아내가 매실청을 담으려고 매실을 딸 때
나는 항아리를 창고에서 꺼내놓고 놀고,
아내가 살구를 따서 벌레 먹은 부위를 도려내고 챙겨주면
나는 다 먹고 나서 그릇을 씻는다


말 많아진 나는
아내에게 꽃들을 너무 많이 키워서 벌레들이 날아든다고
수시로 잔소리를 하고
가는귀먹은 나는
아내가 과실수들 가지치기를 도와달라고 부탁하는 말을
얼른 알아듣지 못해 뭉개기 일쑤다

이듬해 또

아내가 꽃들과 과실수들을 돌보고

나는 거드는 척할 것이다

　그것은 부지런한 아내와 게으른 내가 늙어가면서 잘할

수 있는 일,

　그것보다 힘들고 어려운 일은 하지 않기로 한다

# 방 안 산책

—아내에게

아내가 방 안에서만 걸어서
산 아래까지 갔다가 오는 모습을 보고
정말 가능한지 알려고
나도 방 안에서만 걸어서
산 아래까지 갔다가 와본다

사람이 다니는 길은
땅 위에도 있고
마음속에도 있어
내가 방 안에서만 걸어도
산 아래까지 갔다가 오는 일이
결론부터 말하면
가능하다

방 안에서만 걸어서
산 아래까지 갔다가 오는 도중
그 어느 지점에서
땅 위로 걸어서

지중에서 돋아난 돌멩이를 뽑아 어디로 던질 것인가 고민
하고
  마음속으로 걸어서
  심중에서 솟아난 불안을 덜어서 누구에게 건네줄 것인가
고민한다

  기실 아내는 방 안에서만 걷기는 해도
  산 아래까지 가지 않고
  그 어느 지점에서
  돌멩이를 주워 와서 내 앞에다 살짝 내려놓고
  불안을 달래고 와서 내 앞에서 방긋 웃는다
  나도 아내를 따라한다

# 각자 일하는 장소
—아내에게


풀매기는 아내의 일,
아내가 일하는 장소는 텃밭,
시 쓰기는 나의 일,
내가 일하는 장소는 서재,

텃밭에서는 아내 말고도
오이꽃에서 꿀벌들이 꽃가루받이하는 일하고
배추에서 배추벌레들이 잎을 갉아 먹는 일한다
서재에서는 나 말고도
노트북이 정보를 자동으로 저장하는 일하고
스탠드가 불을 켜서 모니터와 키보드를 밝혀주는 일한다

아내가 호미질을 멈추고 숨을 고르는 동안
텃밭 가에 있던 단풍나무가
아내 곁에 와서 그늘을 내려주는 일하고
내가 눈을 감고 언어를 고르는 동안
책상 가에 있던 책이

내 머릿속으로 들어와 페이지를 넘기는 일한다

아내가 일하는 장소인 텃밭은
풀들도 일하는 장소,
풀들이 풀매기를 아내에게 시키는 장소,
내가 일하는 장소인 서재는
시들도 일하는 장소,
시들이 시 쓰기를 나에게 시키는 장소,

# 서로 통하는 시간
—아내에게


아내는 햇빛에게로 다가가는 나무들을 캐서
여기저기에 옮겨심고
나는 햇빛에게서 달아나는 그늘들을 찾아
여기저기에서 쉰다

귀촌한 후 새 습관이 되어가는
나무 옮겨심기와 그늘 찾기,
이 두 행위는
부지런한 사람이 하는 일과
게으른 사람이 하는 일로 비유할 수 있고
미래를 생각하는 사람이 하는 일과
현재를 생각하는 사람이 하는 일로 비교할 수 있고
도전하는 사람이 하는 일과
실의하는 사람이 하는 일로 대비할 수 있다

전자에 속하는 아내는
햇빛을 향하는 나무로 일컬을 수 있고
후자에 속하는 나는

햇빛을 피하는 그늘로 일컬을 수 있어
나무가 그늘을 내놓다가 거둬들이는 시간과
그늘이 나무를 멀리하다가 가까이하는 시간을
아내와 나도 서로 통하는 시간으로 안다

# 해 지기 전에
—아내에게


아내가 해 지기 전에 하는 일, 한 가지
여기저기서 찬거리를 골라서 솎는 일,
나물무침을 잘 먹는 식성에 맞게
플라스틱 바가지를 들고 다니며
두둑에서 상추와 쑥갓을 따서 담고
배수로에서 돌미나리와 돌나물을 베어서 담고
뒤란에서 씀바귀와 민들레를 뜯어서 담는다
아내가 지하수 수도꼭지를 틀고 호스를 들고서
불가물에 잘 자라지 않은 부추와 아욱에
물을 뿌려주고 나면
어스름이 밀려온다
오늘 저녁 찬거리로 충분한지
아내는 바가지를 들고 살펴보다가
내일 아침 찬거리까지 준비하려는지
두둑으로 배수로로 뒤란으로 다시 다니며
조금씩 더 따고 베고 뜯어 수북하게 담는다
아내가 해 지기 전에 하는 일, 또 한 가지
앞뜰을 지나가다가 단내를 맡고

잠시 망, 설, 이, 다, 가
당귀 잎도 한 줌 거둔다

# 수저질하는 시간 동안
—아내에게

아내와 내가 집에서 밥 먹는 횟수는
하루 세 번,
아내와 내가 아침 식탁 앞에 앉아 수저질하는 시간 동안
공중에선 새들이
꽁지 털을 떨어뜨릴지도 모르고
흙바닥에선 꽃들이
꽃망울을 터뜨릴지도 모른다
아내와 내가 점심 식탁 앞에 앉아 수저질하는 시간 동안
산모롱이에선 햇빛이
그늘을 없애려고 휘어질지도 모르고
들머리에선 바람이
흙먼지를 가라앉히려고 멎을지도 모른다
아내와 내가 저녁 식탁 앞에 앉아 수저질하는 시간 동안
어스름 속에선 한 아기가
배냇짓을 할지도 모르고
달빛 속에선 한 노인이
들숨을 쉬지 않을지도 모른다
이 일만 일어나도

세상은 달라지는 것이어서

또 누군가가 밥 먹을 때

임신한 딸이 자식을 낳을지도 모르고

멀리 사는 형제가 말다툼할지도 모르고

소식 끊긴 친구들이 다칠지도 모르는

하루 세 번,

아내와 내가 집에서 밥 먹는다

# 한 해가 저물던 어느 하루
—아내에게

우리 집 옆 산발치에 있던
상수리나무가 쓰러졌다
처음 식목을 한 지주는 죽고
외지 사는 그의 아들이 와서
굴삭기로 산을 뭉개버린 것이다

상수리나무가 새잎을 돋워내고
이웃들 눈길을 사로잡던 봄날에
나는 그 아래에 서서 먼산바라기를 했다
상수리나무가 자드락길에 그늘을 내려
이웃들 발목을 붙잡던 여름날에
나는 그 아래에 앉아 쉬었다
상수리나무가 상수리를 떨어뜨려
이웃들 손을 끌어당기던 가을날에
나는 그 아래를 살피기만 했다
상수리나무가 나뭇가지를 드러내어
이웃들 가슴을 건드리던 겨울날에
나는 그 아래를 지나다녔다

한 해가 저물던 어느 하루
외지 사는 우리 아들이 온다 해서
이웃집에서 상수리를 주워 빻은 가루를
아내가 구해 와서 묵을 쑤기 시작했다
내가 나무주걱으로 젓고 있을 때
등 뒤에 상수리나무가 슬그머니 나타나
냄비 안을 들여다보다가 사라지는 느낌이 들었다
마침 묵이 다 만들어지고 있었다

# 눈이 내려 쌓인 점심때
—아내에게

눈이 내려 쌓인 점심때
아들이 국수를 먹고 싶다 해서
아내가 냄비에 물을 담고
멸치와 다시마를 집어넣은 뒤
가스레인지에 얹고 딸깍, 불을 붙였다
나도 갑자기 군침이 돌아서
덩달아 국수를 먹고 싶다고 말했다
물이 끓기 시작하자
아내가 불을 낮추었다
식탁에 마주 앉아 있던 아들이
노트북을 가져와서 켜곤
양손으로 키보드를 두드리고
나는 거실 창문으로 고개를 돌려
흰 눈이 덮인 논밭을 내다보았다
아직도 입맛이 사라지지 않는 건
자식에게 해줄 일이 남아 있어선가
젓가락질을 가르치고 배우는 일은
부자간에 진작 끝났지 않은가

내 주제를 파악하자, 하고 생각했다
비등점에 다다른 물이
멸치와 다시마를 우려내는 냄새가
집 안에 스르르 퍼질 때
아내가 젓가락 세 벌을 딱, 딱, 딱, 식탁에 놓았다

# 햇볕이 내리는 아침나절
—아내에게


햇볕이 내리는 아침나절
아내가 옷을 빨아 빨랫줄에 넌다
산봉우리에서 산벚나무가 내려와서
바지를 거둬서 입고 서고
산중턱에서 음나무가 내려와서
셔츠를 거둬서 입고 서고
산기슭에서 산수유가 내려와서
점퍼를 거둬서 입고 서고
산발치에서 진달래가 내려와서
양말을 거둬서 입고 서 있다가
아내를 보고 인사를 한다
아내도 인사를 하고 나니
그만 아내가 빨랫줄에 널려서
햇볕을 받고 있다
때와 얼룩이
산벚나무와 음나무와 산수유와 진달래로 해서 생겼을까
아내가 산벚나무 밑동에 기대앉은 적이 있었던가
아내가 음나무 잎사귀를 잡아당긴 적이 있었던가

아내가 산수유 열매를 딴 적이 있었던가
아내가 진달래 꽃가지를 찬 적이 있었던가
산골짜기에서 하루 종일 바람이 불어온다
아내가 산벚나무와 음나무와 산수유와 진달래의 묘목들
을 구해와 심기 위해
마당을 파다가 손발과 얼굴에 흙이 묻은 적은 있었다

# 각자에게 속한 사람

—아내에게


아내에게 속한 사람이라면
자식이 어렸을 땐 어린 자식이 아니라
어린 자식을 품에 안았던 아내 자신이고
자식이 다 자랐을 땐 다 자란 자식이 아니라
다 자란 자식을 향해 웃던 아내 자신이고
자식이 분가했을 땐 분가한 자식이 아니라
분가한 자식에게 입 다물던 아내 자신이다
아내가 그렇게 생각할는지는 알 수 없다


종속, 귀속, 소속이라는 말과는 상관없는
아내의 두 눈 안에 있는 사람이
아내의 두 팔 안에 있는 사람이
아내의 걸음걸이 안에 있는 사람이
아내에게 속한 사람이다
그런 점에서
늘 마주 보는 나를
아내의 두 눈 안에 있는 사람이라고 할 순 있어도
늘 곁에 머무는 나를

아내의 두 팔 안에 있는 사람이라고 할 순 있어도
늘 나란히 걷는 나를
아내의 걸음걸이 안에 있는 사람이라고 할 순 있어도
나는 아내에게 속한 사람이 아니고
아내는 나에게 속한 사람이 아니다
각자가 각자에게 속한 사람이다
아내가 그렇게 말할는지는 알 수 없다

제3부

당신과 나를 위하여

# 존재
—당신과 나를 위하여


1

오늘 당신은 존재하지 않는다

나는 당신을 찾으러

과거로 갔다가 살구나무를 보고 와

현재에서도 살구나무를 보고

미래로 갔다가 살구나무를 보고 와

현재에서도 살구나무를 본다

그곳에 존재하지 않는 당신,

저곳에 존재하지 않는 당신,

이곳에 존재하지 않는 당신,

나는 당신을 찾지 못해도

당신이 언제나 어디에나 있다고 믿는다

그것은 살구나무가 언제나 어디에나 있어서

꽃을 송이송이 피우기 때문이고

열매를 알알이 열기 때문이지만

실제로 당신이 존재하지 않으면

과거에 살구나무가 꽃을 피우고 열매를 연 그곳에

미래에 살구나무가 꽃을 피우고 열매를 연 저곳에

현재에 살구나무가 꽃을 피우고 열매를 연 이곳에
실제로 나도 존재하지 않는다

존재하지 않는 내가
존재하지 않는 당신을
그곳과 저곳과 이곳에 찾아다니다가
살구나무를 본 오늘이
과거이고 미래이고 현재이다

2
내가 존재하지 않은 이전以前은
당신이 존재하지 않은 이전,
내가 존재하지 않은 이전에
꽃을 피운 작약은
당신이 존재하지 않은 이전에
꽃을 피운 작약이다

내가 존재하지 않고

당신이 존재하지 않아도
작약은 꽃을 피웠으므로
존재하지 않은 나와 당신이
한 번 존재해 보려고
작약을 몸속에 옮겨 심고는
꽃을 피워 보려다가
내가 존재하지 않고
당신이 존재하지 않은
이전으로 돌아가서
나와 당신으로 존재하고 만다

나와 당신이 존재한 이후以後는
작약이 존재한 이후,
나와 당신은 존재하려고 결국 죽어가고
작약은 존재하려고 결국 시들어간다

3
내가 존재하지 않는 때엔

당신이 존재하지 않는 때다

존재하지 않는 내가
마당에 단풍나무를 심어놓아도
단풍나무는 존재하지 않고,
존재하지 않은 당신이
꽃밭에 국화꽃을 심어놓아도
국화꽃은 존재하지 않는데
나는 존재하고 싶어서
마당으로 당신을 데려와서
단풍나무가 어떤지 봐 달라고 부탁하고,
당신은 존재하고 싶어서
꽃밭으로 나를 데려와서
국화꽃이 어떤지 봐 달라고 부탁한다

존재하지 않는 당신이
단풍나무가 존재한다고 웃으며 말하니
내가 존재하게 되어 웃고,

존재하지 않는 내가
국화꽃이 존재한다고 웃으며 말하니
당신이 존재하게 되어 웃는다


4
지금 당신은 존재한다
당신이 존재한다고 믿으므로
지금 내가 존재한다


지금 존재하고 있어서
꽃밭에 꽃나무를 심고
물을 주고 거름을 주고 북을 돋우는 당신은
후일에 꽃 피고 맺힌 씨들이 떨어져
다시 돋아나는 꽃나무들한테도 존재한다고 믿는다
그러므로 지금 내가 존재하고 있어서
꽃밭에 꽃나무를 심고
물을 주고 거름을 주고 북을 돋우는 나는
후일에 꽃 피고 맺힌 씨들이 떨어져

다시 돋아나는 꽃나무들한테도 존재한다고 믿는다

지금 존재하고만 있어도
꽃나무한테 좋은 당신과 나를
꽃나무가 후일로 먼저 가서
정말로 꽃 피우고 맺은 씨들을 떨어뜨려서
다시 돋아나는 꽃나무들을 보고는
후일에 당신과 내가 존재하고 있어서 좋다고 할까
그 후일에 당신은 존재하지 않을 수도 있다
당신이 존재하지 않을 수도 있다고 믿으므로
그 후일에 내가 존재하지 않을 수도 있다

5
당신은 존재다
나는 존재다

누군가 키우다가 시든 꽃을 가져오면
당신은 물을 주어서 살려내고

누군가 돌보지 않아 시든 꽃을 발견하면

당신은 거름을 주어서 살려낸다

씨앗에서 돋는 꽃은 씨앗을 받아 보관했다가 뿌려주어
다시 돋게 하는 당신,

구근에서 돋는 꽃은 구근을 캐 보관했다가 심어주어 다시
돋게 하는 당신,


꽃이 돋아나 있지 않는 날이 없어서

당신은 화계花界에서 머물다가 나를 만나려고 인간계로
왔다는 착각을 하게 되고

나는 인간계에 머물다가 당신을 만나려고 화계로 왔다는
착각을 하게 된다

그렇게 착각하게 될지라도

당신과 내가 서로를 만나기 위하여 자신의 세계를 넘어
화계와 인간계로 왔다는 착각을 하게 되는 것은

그것이 생과 사를 넘나들 수 있는 수단일 수 있기 때문이다


에멜무지로

당신이 화계에서 인간계로 와 있고
내가 인간계에서 화계로 와 있다 해도
당신과 나는 존재하는 존재다

6
내가 밭에 심은 콩이
싹을 밀어 올릴 때까지
어떤 상태로 있는지
나는 몰라도
당신은 안다

땅속에 존재한다 해서
나에겐 보이지 않는 당신,
땅 위에 존재한다는데도
나에겐 나타나지 않는 당신,
오랜 날 가물이서
콩이 싹을 내지 않아
내가 뒤집어엎으려고 밭에 들어갔을 때

어느새 단단한 흙을 뚫고 나와
슬며시 편 어린잎들을 발견한 까닭으로
당신을 존재하는 존재라는 데 나는 동의한다

당신은 땅속에도 땅 위에도 존재하는 존재,
메마른 밭에 심긴 콩의 형편을 잘 알아서
지하 저 깊은 밑에서 수분을 애써서 끌어 올려주거나
지상 저 높은 위에서 빗물을 힘겹게 끌어 내려주는 존재라
고 해도
아무튼 마침내 콩꼬투리가 터지는 철까지
내가 존재하여
또다시 밭에 심을 종자로 콩을 갈무리해 놓지 못한다면
당신도 존재할 수 없다

7
내가 당신에게 캐다 주는 야생화를 두고
살아 있는 존재와 죽어 있는 존재가 수군거리는 말소리를
들은

당신이 나를 살펴본다

당신은 생사의 한쪽을 마음대로 택하지 못하므로
살아 있는 존재도 죽어 있는 존재도
당신인데
내가 당신에게 캐다 주는 야생화는 꽃을 많이 피운다고
죽어 있는 존재가 살아 있는 존재에게 덕담하는지
내가 당신에게 캐다 주는 야생화는 꽃을 적게 피운다고
살아 있는 존재가 죽어 있는 존재에게 불만하는지
나는 알아듣지 못한다

그 말소리를 글자로 받아쓸 줄 아는 당신이 들으면
야생화의 개화에 관해서 왈가왈부하는
살아 있는 존재와 죽어 있는 존재 중에서
내가 어느 존재에 속하는지 간파하고 글로 적어 읽게
해줄라나?

내가 당신에게 야생화를 캐다 주는 이유는

살아 있는 내가 존재하는지 죽어 있는 내가 존재하는지
알 수 없는
나한테 존재하고 있는 당신을 보기 때문이다


8
식탁 위 물병에 꽂힌 꽃이
꽃가루를 먼저 떨어뜨리고
그다음에 꽃잎을 떨어뜨리는 모양을
가만히 바라보는 당신과 나는
꽃한텐 살아가는 존재일까 죽어가는 존재일까
당신과 내가 식탁 앞에 앉아서
숟가락으로 먼저 국을 떠먹으며 늙고
그다음에 젓가락으로 반찬을 집어 먹으며 늙는 모습을
가만히 바라보는 꽃은
당신과 나한텐 살아가는 존재일까 죽어가는 존재일까
당신과 나를 살아가는 존재이면서 죽어가는 존재라고
꽃이 당신과 나에게 알려준다면
꽃을 살아가는 존재이면서 죽어가는 존재라고

당신과 내가 꽃에게 알려주겠지만
그 전하는 방법을
서로서로 생각하지 않는 식사 시간엔 서로서로
살아가는 존재라는 죽어가는 존재여서
죽어가는 존재라는 살아가는 존재여서
꽃은 더 시들기 전에 물을 빨아올리고
당신과 나는 더 쇠하기 전에 밥을 삼킨다


9
살아 있어도 좋은 나와 죽어 있어도 좋은 나는
나라는 존재를 위해서
여기저기에 꽃들을 심고 가꾸고
살아 있어도 좋은 당신과 죽어 있어도 좋은 당신은
당신이라는 존재를 위해서
여기저기에 꽃들을 심고 가꾼다


올봄에 여러 가지 꽃들이 피어 있어
나라는 존재도 당신이라는 존재도

각자 좋아하는 꽃들을 꽃구경하는데,
큰 꽃송이를 좋아하는 나라는 존재는
살아 있어도 좋은 나와 죽어 있어도 좋은 나를
여기에 모아서 큰 꽃송이들만 골라 구경하고
작은 꽃송이를 좋아하는 당신이라는 존재는
살아 있어도 좋은 당신과 죽어 있어도 좋은 당신을
저기에 모아서 작은 꽃송이들만 골라 구경한다

크고 작은 꽃송이들이 한꺼번에 많이 핀 올봄에
살아 있어도 좋은 나와 죽어 있어도 좋은 나는 꽃구경하다
가
한 존재로는 살아서 한 존재로는 죽어서
나라는 존재에게 생사의 기로에 서게 하고
살아 있어도 좋은 당신과 죽어 있어도 좋은 당신은 꽃구경
하다가
한 존재로는 살아서 한 존재로는 죽어서
당신이라는 존재에게 생사의 기로에 서게 한다

10

죽기 전에 존재하여서 좋은 당신과 나는
살아 있는 후에 존재하여서 좋은 당신과 나다

그런 당신과 내가
주먹으로 서로의 가슴을 두드리며
나지막하게 이름을 부르다가
손바닥으로 서로의 가슴을 쓰다듬으며
소리 없이 웃음을 웃다가
검지를 펴서 서로의 가슴에다
짧게 사랑한다고 썼던 문장이
흐르는 물처럼 지워지고
부는 바람처럼 흩어지고
시드는 꽃잎처럼 흐려져서
마음속에서 희미해진다면
서로를 잊어버리게 되는 시간이
당신과 나에게 오고,
그런 다음 당신과 내가

양팔을 벌려서 서로의 가슴을 끌어안으면
흐르는 물에다 함께 쓴 문장이 있는데 무슨 말이더라?
부는 바람에다 함께 쓴 문장이 있는데 무슨 말이더라?
시드는 꽃잎에다 함께 쓴 문장이 있는데 무슨 말이더라?
서로가 기억하지 못하게 되는 시간이
당신과 나에게 온다

죽은 후에 존재하지 않아도 좋은 당신과 나는
살아 있기 전에 존재하지 않아도 좋은 당신과 나다

11
지금 이곳에 존재하지 않아도 좋은 나는*
살구나무에서 꽃이 가장 많이 핀 가지를
가만히 끌어당겨서 세어보다가
당신이 살구 열리기를 기다리던
과거로 가서
당신을 데려온 다음에
가만히 제자리로 놓아둔다

내가 존재하지 않아도 좋기는 해도
현재로 온
당신이 살구 열리기를 기다리는 동안
살구나무에서 꽃이 가장 많이 핀 가지를
나는 다시 가만히 끌어당겨서 세어보다가
당신도 존재하지 않는다는 걸 알고는
가만히 제자리에 놓아둔다
지금 이곳에 존재하지 않아도 좋은 당신,

지금이 잠시라고 할지라도
존재하지 않아도 좋은 나와
존재하지 않아도 좋은 당신이
함께 살구꽃을 보는 데엔 꽤 긴 시간이고
이곳이 좁다고 할지라도
존재하지 않아도 좋은 나와
존재하지 않아도 좋은 당신이
함께 살구꽃을 보는 데엔 꽤 너른 장소다

12

당신과 내가

어디서나 언제나 존재하지 않을 수도 있게 되면

생으로부터 자유로워져서 좋겠지

죽음으로부터 자유로워져서 좋겠지


어디서나 언제나 존재하지 않을 수도 있게 되는

당신과 내가

생을 선택하게 되면

울타리로 심어놓은 쥐똥나무들로 해서

당신과 나의 집이 오늘 단아하게 보이도록

잔가지를 다듬게 되고,

어디서나 언제나 존재하지 않을 수도 있게 되는

당신과 내가

죽음을 선택하게 되면

울타리로 심어놓은 쥐똥나무들이 꽃을 피워서

당신과 나의 집에 오늘 꽃향기가 가득 퍼지도록

잔가지를 놔두게 된다

당신과 내가
어디서나 언제나 존재하지 않을 수도 있게 되면
이제 당신과 나는
생으로부터 자유로워져서 안락사해도 좋겠지
죽음으로부터 자유로워져서 안락사해도 좋겠지
당신과 내가 존재하지 않는다 해도
쥐똥나무들이 울타리로 심긴 당신과 나의 집엔 오늘
누군가가 찾아들어 가지치기할지 말지 고민하며 존재할
것이다


* 손택수의 시 「정지」에는 이런 구절이 있다. ˮ이상하게 나는 여기 존재하지 않는
  것 같다/ 존재하지 않아도 좋은 무엇이 된 것만 같다/ 그때 잠시 나는 어디에 있었던
  걸까ˮ

# 이 시간과 이 공간
—당신과 나를 위하여

당신에게 말을 걸고 있으면
내가 있는 이 시간과
내가 있는 이 공간이
느슨해진 느낌이 든다

그래서 내가
살아 있는 상태인지
죽어 있는 상태인지
알 수 없어져서
당신에게 건네는 말수가 많아진다
수다라고도 할 수 있는 내 말과
진언이라고도 할 수 있는 내 말이
서로 멀리 퍼져서
서로 크게 퍼져서
이 시간을 늘리는 게 틀림없고
이 공간을 늘리는 게 틀림없다

내가 말을 걸고 있으면

당신이 내 곁에 오래 있을 수 있어
당신이 내 곁에 만판 있을 수 있어
살아 있는 상태와
죽어 있는 상태를
한꺼번에 겪는다 해도
나는 말수를 줄이지 못한다

# 나중까지
—당신과 나를 위하여


당신과 같은 날 같은 곳에서
함께 죽기를 원했던 적이 있다
햇빛을 따스하게 하던 당신의 눈빛과
하늘을 넓게 펴던 당신의 손가락과
공기를 맑게 하던 당신의 숨결을
내가 탐닉했던 예전에 있었던 일이다

예전의 당신을 요즘으로 데려와서
요즘의 당신과 나란히 세워놓은 나는
햇빛이 너무나 따스해서 두 눈을 살짝 감다가
하늘이 너무나 넓어서 두 손을 활짝 펴다가
공기가 너무나 맑아서 들숨 날숨을 크게 쉬다가
당신들에 매료당한다
예전의 당신은 젊디젊고
요즘의 당신은 늙어 있지만
당신들은 한 사람의 당신,
나는 햇빛과 하늘과 공기를 여한 없이 취했으니
당신이 나보다 오래오래 더 취해야 한다고 생각한다

내가 먼저 죽고 나면
예전의 당신을 예전으로 데려다주고
요즘의 당신은 요즘으로 돌아와서
나중까지 당신인 채로 살아가기를 원한다

# 이 세상 밖, 이 세상 안
—당신과 나를 위하여


치자 우린 물을 들인 옷을 만들어 주었던 당신은
이 세상 밖으로 나갔고
치자 우린 물을 들인 옷을 입어보았던 당신이
이 세상 안에 있다

치자 우린 물을 들인 옷을 입어보았던 당신이
치자 우린 물을 들인 옷을 만들어서
나에게 입혀보고 싶어
치자 우린 물을 들인 옷을 만들어 주었던 당신한테
치자 우린 물을 들인 옷을 만드는 법을 배우려고
이 세상 밖으로 찾아갔다가
허탕을 치고 말았는지
이 세상 안으로 들어와서는
치자 우린 물을 섞어 밀반죽한 파전을 구워서
나를 먹이려고 차려놓았다

치자 우린 물을 섞어 밀반죽한 파전을 구운 당신은
음식을 맛있게 조리하므로

이 세상 안에 오래 모셔질 것 같고
치자 우린 물을 섞어 밀반죽한 파전올 먹는 나는
음식을 함부로 남겨서 버리기도 하므로
이 세상 밖으로 일찍 내쫓길 것 같은 날,

치자 우린 물을 들인 옷을 입어보았던 당신이
앞마당에 치자나무를 심어놓고도
치자 우린 물을 섞어 밀반죽한 파전밖에 못 굽는 모습을
치자 우린 물을 들인 옷을 만들어 주었던 당신이
이 세상 밖에서 슬몃 엿보고는
치자 우린 물을 들인 옷을 한 번도 입어보지 못한 나를
찾아
이 세상 안으로 슬쩍 와서는
치자 우린 물을 들인 옷을 여러 벌 만들어 주었다

# 단둘의 식사

—당신과 나를 위하여


당신은 조기구이를 좋아하고

나는 갈치구이를 좋아한다

비늘을 벗겨 조기를 통째로 굽고

비늘이 없는 갈치를 토막 내 구워서

식탁에 차려놓는다

당신은 먼저 조기구이에 젓가락질하고

나는 먼저 갈치구이에 젓가락질하면서

조기나 갈치가 유영하던 바다를 상상하지 않고

앞으로 구이를 몇 번 더 먹을 수 있을지 예측하면서

오늘도 마주 앉아 식사하고 있어 그저 속으로 감사할

따름이다

서로에게 특별나게 해준 음식은 별로 없어도

평생 끼니를 한자리에서 함께한 추억은 선명하다

어느 날 아침 식사에 잡곡밥을 해놓고 당신은 나에게

마지막 밥일 수 있다고 중얼거리고

나는 당신에게 조기구이를 곁들이면 밥맛이 더 좋을 텐데,

한마디 한다

그러면 당신은 갈치구이가 제격이라고 응수한다

또 어느 날 점심 식사에 육개장을 해놓고 당신은 나에게 마지막 국일 수 있다고 중얼거리고

나는 당신에게 조기구이를 곁들이면 국맛이 더 좋을 텐데, 한마디 한다

그러면 당신은 갈치구이가 제격이라고 응수한다

또다시 어느 날 저녁 식사에 나물 반찬을 해놓고 당신은 나에게 마지막 반찬일 수 있다고 중얼거리고

나는 당신에게 조기구이를 곁들이면 반찬 맛이 더 좋을 텐데, 한마디 한다

그러면 당신은 갈치구이가 제격이라고 응수한다

끼니때마다 이번이 당신과 나, 단둘이서 하는 식사로는 마지막일 수도 있다는 생각을 속으로 하는 나이가 되어 있다

# 헌옷
—당신과 나를 위하여


헌옷 입고 죽으면
편안하겠다며 웃는 당신을
만나고 있을 땐
나도 헌옷 입고 죽으면
편안하겠다며 웃는다

내가 처음부터 헌옷 입고
당신을 만나지 않았고
당신이 처음부터 헌옷 입고
나를 만나지 않았지만
당신이나 내가 각자
새 옷 입었던 한때엔
빛나는 생을 살아가고 있다고 착각하였으리라고
피차 상상할 순 있어도 실제를 알려고 하진 않는다

웃음이 헛헛하여도
한목소리로
헌옷 입고 죽으면

편안하겠다며 웃는 건
당신이나 나나 옷으로 허우대를 일으켜 세우며
일생을 살아오지 않았다는 방증,

평생 입은 헌옷도 여러 벌 없어
당신과 내가 죽어도
망자의 옷을 내다 버리는 수고를
가족이 별로 하지 않게 되어
무척 편안하겠다며 마주 웃는다

# 맛

—당신과 나를 위하여


당신은 잘 씻어 물에 담가 불린 찹쌀을
제분소에 가져가 빻아 와서 반죽하여
검정콩을 넣어 섞어 찐다

태어난 지 몇 년밖에 안 된
손자가 입맛을 다시며 기다리니
당신이 만든 콩떡은
세상에서 가장 맛있는 음식일 수밖에 없다고
나는 맛보지 않고도 인정한다

손자가 태어나기 전에 지냈던 곳이
당신도 태어나기 전에 지냈던 곳이라 해도
둘이서 콩떡을 만들어 나누어 먹었는지
정녕 나는 알 수 없고,
당신이 태어나기 전에 지냈던 곳이
내가 태어나기 전에 지냈던 곳인데도
콩떡을 만들어 나누어 먹었던 기억이
이상하게도 나에겐 없다

174

나는 손자와 마주 앉아 당신이 만든 콩떡을 집어 먹으면서

당신과 내가 태어나기 전에 지냈던 곳에선 맛보지 못했어

도

당신과 내가 죽은 후에 지내게 될 곳에선 맛보기를 바란다

# 존재라는 것들은
—당신과 나를 위하여

당신과 나는 식성이 다르다
이것으로 해서
텃밭에 심을 채소 모종을 살 때
마당가에 심을 과수 묘목을 살 때
의견을 조금 달리한다

당신과 나는 각자 입맛에 맞는
잎과 열매를 거두려고
채소 모종과 과수 묘목을 직접 고른다
그 짧은 한때에
채소 모종과 과수 모종이라는 존재는
당신과 나를 파악하게 되기 때문에
당신과 나에게 존재가 되고
당신과 나라는 존재는
채소 모종과 과수 묘목을 파악하게 되기 때문에
채소 모종과 과수 묘목에게 존재가 된다

당신과 내가 맛있게 먹기 위한 식성과 입맛을 가져서

사람의 존재라는 것과

　채소 모종과 과수 모종이 맛있게 먹히기 위한 잎과 열매를
지녀서 식물의 존재라는 것은

　어찌 보면 상식인데

　좀 달리 보면 존재라는 것들은 언젠가 죽고 만다는 의미,

　당신과 나 중에서 살아남은 사람은 식성과 입맛을 잃기도
하고

　채소 모종과 과수 묘목 중에서 살아남은 식물은 잎과
열매를 떨구기도 한다

# 장소들
—당신과 나를 위하여


내가 살 수 있는 장소도 알고
내가 죽을 수 있는 장소도 안다

당신이 살면서
뜰에 심어두어 자라는 튤립과
안팎으로 닦아놓은 유리창과
부엌 찬장에 씻어둔 그릇을
잘 갖추어놓은 집은
내가 살 수 있는 장소

당신이 죽지 않고
봄철에 꽃을 피우는 고운 튤립과
여름철에 새가 비켜 나는 맑은 유리창과
가을철에 잡곡을 담는 빈 그릇,
그리고, 겨울철에 이불장에서 꺼내 나에게 덮어주는 헌
담요를
즐거이 간직하는 집은
내가 죽을 수 없는 장소

이렇게 내가 속으로 하는 말을 알아들으면
당신이 죽을 수 있는 장소에서만
나도 죽을 수 있다는 뜻으로 이해하게 될까
내가 죽을 수 있는 장소에서는
당신이 죽어선 안 된다는 뜻으로 이해할 순 없을까

내가 죽을 수 있는 장소는
당신이 살아서
고운 튤립을 꽃삽으로 떠서 옮겨 심을 빈터
맑은 유리창을 열고 고개를 내밀어 둘러볼 바깥
빈 그릇을 들고 끼닛거리 마련할 궁리하느라 앉을 야외의
자
더 가능하다면, 헌 담요를 가지런히 펴놓을 침대

# 저세상에 가기 전에
—당신과 나를 위하여

당신이 죽으면
스스로 신을 신을 수 없다는 걸 아는지
아무도 신을 신겨주지 않는다는 걸 아는지
당신은 살아 있는 동안
신 몇 켤레를 신발장에 넣어두고 있다
햇빛 내리는 날 신고 나한테 오고 가는 구두,
비 내리는 날 신고 우산 들고 나를 마중하는 장화,
눈 내리는 날 신고 나하고 여행하는 부츠,
집 밖에서 신고 들길에서 나랑 앞서거니 뒤서거니 산책하
는 운동화,
집 안에서 신고 창문 앞에 서서 나 없이 홀로이 건넛산
보는 실내화,
기후에 따라 장소에 따라
당신은 신을 바꾸어 신는다
물론 나도 그렇다
신발장 안에 가만히 놔둔 신들이
당신이나 나에게 신겨서 처음이자 마지막으로 걸어가고
싶은 곳이 있다면

새들이 맨발로 날아가는 허공,

　나무들이 맨발로 서 있는 지하,

　결국 당신이나 내가 죽어서 가는 곳이 아닐까 사료된다

　새들이 허공을 맨발에 꿰신을 수 없어 두 다리를 가지런히
하고 날아다닐 때,

　나무들이 지하를 맨발에 꿰신을 수 없어 뿌리를 산지사방
뻗어낼 때,

　당신이나 나는 신을 신고 걸어 다닌다

　옷은 입고 가도, 신은 신고 가지 못하는 저세상에 가기
전에

# 생<sup>生</sup>과 사<sup>死</sup>의 순서

—당신과 나를 위하여

1

내가 보고 있는 당신은

햇빛 환한 날엔 어디에서 살고 싶어 하는지

비 오는 날엔 무얼 하다가 죽고 싶어 하는지

나는 모른다

당신이 보고 있는 나는

햇빛 환한 날엔 어디에서 살고 싶어 하는지

비 오는 날엔 무얼 하다가 죽고 싶어 하는지

당신은 모른다

당신과 내가 서로 보고 있는 날에

햇빛 환하든

비 오든

날씨에 따라 생사를 택하려 하진 않지만

햇빛 환하다고 해서

비 온다고 해서

당신이 나에게 살고 싶다거나 죽고 싶다는 속말을 하지 않고

나는 당신에게 살고 싶다거나 죽고 싶다는 속말을 하지

않고

　같이 햇빛 쬐며 짐짓 너무 오래 존재하고 싶지 않다는
겉말을 하고

　같이 비 맞으며 짐짓 아주 오래 존재하다가 죽고 싶다는
겉말을 한다

　함박눈 펑펑 내리는 날엔 아예 입을 다문다

　당신과 내가 처음 봤던 날 눈이 내렸기에, 이런 날엔
여태 존재하여 고요하다는 느낌에 휩싸이고 당장 존재하지
않아도 고요하다는 느낌에 휩싸인다


　2

　봄꽃 피고 지고부터

　가을꽃 피고 지기까지

　온갖 꽃이 피고 지는 시간 동안

　살아온 당신과 나는 언제 죽어갈는지

　순서를 알지 못해 두려워한다


　당신은 날마다 당신의 시간 속에서

온갖 꽃에게 물을 주며
꽃잎을 살펴보고 있고
나는 날마다 나의 시간 속에서
온갖 꽃에게 물을 주며
꽃잎을 살펴보고 있어
개화하였다가 낙화하여도
당신의 시간과 나의 시간이 달라
당신에겐 피는 꽃의 생이 주로 보이는 것 같고
나에겐 지는 꽃의 죽음이 주로 보이는 것 같다

내가 당신의 시간 속으로 옮겨가서
피는 꽃의 생을 유심히 보고 나면
당신이 나의 시간 속으로 옮겨와서
지는 꽃의 죽음을 유심히 보고 나면
살아온 당신과 나는 언제 죽어갈는지
생사의 순서를 알아버리고는
두려워하지 않게 될지도 모른다

3

새로운 일이 생기면 감당하기 힘들다
느닷없이 돌풍이 불어대는 나날에
그저께 흔들리다가 오늘 꺾인 나뭇가지들,
어제 달려 있다가 오늘 시든 꽃잎들,
나는 감당하기 힘들어하는데
당신은 감당하기 힘들어하지 않는다
나에겐 새로운 일이라고 해도
당신에겐 별로 새롭지 않은 일,
당신은 이미 나에게서 초탈하여
내가 꺾인 나뭇가지 하나를
지팡이로 삼으라고 주려고 해도
당신은 손을 내젓고,
내가 떨어진 꽃잎 하나를
머리에 얹어주려고 해도
당신은 고개를 돌린다
오늘 당신과 내가 그렇게 그렇게 지내다가
내일이나 모레 내가 죽는다면

그것은 너무나 급작스럽게 당신한테 생기는 새로운 순서,

당신이 감당하기 힘들어질 것이고,
오늘 당신과 내가 그렇게 그렇게 지내다가
내일이나 모레 당신이 죽는다면
그것은 너무나 급작스럽게 나한테 생기는 새로운 순서,
나는 감당하기 힘들어질 것이다
당신이나 나나 죽는 날을 미리 알고 있으면 좋겠다

# 생으로부터 멀어지는 나이에
―당신과 나를 위하여


생으로부터 멀어지는 나이에
만약 당신이 나를 알아보지 못한다면
당신이 나를 알아보았던 시절로
내가 당신을 데리고 가서
둘이서 배롱나무를 바라보겠다

배롱나무 한 그루를 심기 위하여
마당을 살펴보며 자리를 골랐던 당신을
비가 오기 전 날을 잡았던 당신을
가지 모양새를 살펴 뿌리를 앉혔던 당신을
당신은 한꺼번에 회억하며
나에게 고개를 끄덕일 것이다
나도 당신에게 고개를 끄덕이고는
배롱나무 한 그루를 심을 수 있도록
삽으로 구덩이를 팠던 나를
흙을 덮어주고 북을 돋우었던 나를
물뿌리개로 물을 부어주었던 나를
당신에게 단숨에 상기시킬 것이다

이렇게 당신이 회억할 수 있고
이렇게 내가 상기시킬 수 있는
당신과 내가 함께 심었던 배롱나무 한 그루,
만약 당신이 나를 알아보지 못한다면
당신이 나를 알아보았던 시절로
내가 당신을 데리고 가서
둘이서 배롱나무 한 그루를 바라보면
꽃들이 송이송이 피어나 있을 것이다

생으로부터 멀어지는 나이에
만약 내가 당신을 알아보지 못하게 된다면
내가 당신을 알아보았던 시절로
당신이 나를 데리고 가서
배롱나무를 바라보게 해주겠지

# 연명
―당신과 나를 위하여


텃밭에다 옥수수 모종을 심고 당근 씨를 뿌린 오늘,
나는 저녁에 가랑비 내리는 소리를 들으며
날씨를 예측하여 날을 잡은 당신에게 감사한다

수많은 모종과 종자 중에서
당신과 내가 옥수수와 당근을 선택한 까닭은
손자가 식성에 맞아서 하루돌이로 찾기 때문,
입맛을 잃어가고 있는 당신과 나를 위해서는
맛있는 음식을 만드는 데 아무리 필요하다 해도
모종과 종자를 선택하진 않는다

지금까지 연명한 대로 앞으로 연명하면 충분하다고
당신이 지난해 거두어 말린 나물로 만든
밑반찬 두세 가지로 차린 저녁밥을
나는 가랑비 내리는 소리를 들으며 먹는다

얼마 남지 않은 나날에 죽지 않으려면
골고루 잘 먹어야 하는 늙은 자신에게 먹이기보다

너무 많이 남은 나날을 살아가려면
골고루 잘 먹어야 하는 어린 손자에게 먹이려고
또 당신과 나는 내일 고랑에 빗물이 빠져 있으면
텃밭에다 참외 모종을 심고 상추씨를 뿌릴 것이다

# 존엄한 생사<sup>生死</sup>

—당신과 나를 위하여


바람이 유리창으로 스며들고
햇빛이 유리창으로 스며드는
집 안에서 지내는 당신은
존엄한 생을 사는 사람이라고
나는 말하고 싶다


집 안에 들어온 바람은
당신이 물걸레로 자주 책상을 닦느라 젖은 손을 말려주고
집 안에 들어온 햇빛은
당신이 책을 오래 읽느라 침침해진 눈을 밝혀준다


날마다 닦을 책상을 가진 당신을
날마다 읽을 책을 가진 당신을
나는 부러워하면서
바람이 들어오는 유리창 있는 집 안에서
햇빛이 들어오는 유리창 있는 집 안에서
내가 책상 위에 책을 펴놓고 읽다가 두 눈 감는 순간
스르르 죽는다면 존엄한 사<sup>死</sup>이겠다고 생각한다

당신이 그렇게 죽을 때엔
햇빛이 유리창으로 스며들어
이 세상을 떠나는 길을 밝혀주고
바람이 유리창으로 스며들어
저세상으로 가는 길을 트여준다고
당신은 믿어도 좋다

# 당신기 當身紀

—당신과 나를 위하여

1

뭇사람을 위해 죽은 예수가 태어난 해를 첫해로 시작해서

서기라고 한다

당신 자신을 위해 죽을 당신이 태어난 해를 첫해로 시작해

서

당신기라고 하자

올해는 당신기 70년,

뭇사람을 위해 죽을 수는 없어도

당신 자신을 위해 죽을 수는 있지만

나를 위해 죽을 수 있을지는 알 수 없다

지난봄에 당신은

내가 마당에 앉아 꽃들을 심다가

다리가 저리면 일어나 울 밖 멀리 산등성이를 바라볼

수 있도록

쥐똥나무 울타리를 나지막하게 잘라냈고

올봄에 당신은

내가 빼곡하게 번진 꽃들을 솎아서 듬성듬성 띄어 심을 때
울 밖으로 지나가는 행인들이 힐끔힐끔 들여다볼 수 없도록
쥐똥나무 울타리를 높다라니 놔둔다

당신기 몇 년에 내가 죽게 될는지는 몰라도
당신기 몇 년에 당신이 죽게 될는지는 몰라도
내가 심은 꽃들보다 오래 살겠거니 생각하고,
나와 당신이 같은 해에 죽게 된다면
당신기 몇 년이 될는지는 또 몰라도
내가 심은 꽃들이 오래 살면 좋겠거니 생각한다

2
서기 2023년 봄은 당신기 70년 봄,
바람이 세차게 불어서
들길을 걷기가 힘들다고
나는 당신에게 불평한다

바람이 세차게 불면

텃밭 흙이 빨리 말라서

채소가 자라지 못한다고

당신은 나에게 걱정한다

내가 들길을 걷는 것이나

당신이 텃밭에 채소를 기르는 것이나

살 때 잘 살고 죽을 때 잘 죽자는 데 목적이 있는데

바람이 세차게 부는 날이 이어지면

나는 유산소 운동을 못 할 수 있어 병이 들까 걱정하고

당신은 신선한 풋나물을 먹을 수 없어 병이 들까 걱정하는

서기 2023년 봄은 당신기 70년 봄,

이렇게 가문 날이 계속되면

가히 좋은 말년을 지낸다고 할 수 없는 차에

밭일하다가 몸이 이파 손수 택시를 불러 타고 병원 간
이웃이

여러 날 연명 치료받지 않고 그날 밤 급사했나는 소식
듣고

죽을 복을 타고 났네, 늙은 이웃들이 시샘하는 올봄을

서기 2023년 봄이라고 하면
누구나 모두가 보내는 봄철로 느껴져 평범하고
당신기 70년 봄이라고 하면
당신과 내가 보내는 봄철로 느껴져 숙연하다


3
내가 당신을 두고
연호로 당신기라고 지어 쓰니
당신은 쑥스러워한다
당신이 나를 두고
연호로 당신기라고 지어 쓰면
나는 영광이겠다


누구나 연호를 지어 쓸 수 있는 시대가
각자 연호를 지어 쓸 수 있는 시대가
개인이 살아서 존엄해질 수 있는 시대이고
개인이 죽어서 존엄해질 수 있는 시대라고
나는 생각한다

그런 점에서 당신기는
당신이 살아서 존엄해지고
죽어서 존엄해지는 시대이기를 기원하여
내가 당신을 위해 지어 쓴 연호다
내가 살아서 존엄해지고
죽어서 존엄해지는 시대이기를 기원한다면
당신이 나를 위해 연호를 지어 쓸 수 있다

당신과 내가 제각각
당신기 몇 년에 어떤 일이 생겼다고 말하다가
동년에 있었던 일로 알고는 일체감을 느끼더라도
당신과 나 중에서 마지막 한 사람이
존엄하게 살다가 존엄하게 죽을 때까지만
당신기를 사용하기로 하자

4
당신과 내가 나이 들어
먼 산을 바라봐도

마당에서 서성거려도

가슴 먹먹해지는 올해가

서기로는 2023년이고

당신기로는 70년인데,

서기로는 2053년이 되고

당신기로는 100년이 되어도

당신이 살아 있다면

죽은 나를 추모하지 말았으면 한다


나는 먼 산을 바라보며 죽은 사람,

나는 먼 산 너머를 상상하며 죽은 사람,

서기 2023년에서 서기 2053년 사이,

당신기 70년에서 당신기 100년 사이,

먼 산에는 내가 심지 않은

산수유가 꽃 피우다가 늙어 죽고 어린 산수유가 자랄

것이고

진달래가 꽃 피우다가 늙어 죽고 어린 진달래가 자랄

것이고

소나무가 꽃 피우다가 늙어 죽고 어린 소나무가 자랄
것이므로
죽은 나는 민 산 너머에 가서
어린 산수유가 꽃 피울 수 있도록 머물 것이고
어린 진달래가 꽃 피울 수 있도록 머물 것이고
어린 소나무가 꽃 피울 수 있도록 머물 것이므로
이미 죽은 나를 궁금해 할 필요가 없다

당신은 마당을 가꾸며 살 사람,
당신은 마당에 꽃나무를 심으며 살 사람,
서기 2023년에서 서기 2053년 사이,
당신기 70년에서 당신기 100년 사이,
마당에는 당신이 심은
영산홍이 꽃 피우나가 늙어 죽고 어린 영산홍이 자랄
것이고
배롱나무가 꽃 피우다가 늙어 죽고 어린 배롱나무가 지랄
것이고
치자나무가 꽃 피우다가 늙어 죽고 어린 치자나무가 자랄

것이므로
  살아 있는 당신은 마당에 나와서
  어린 영산홍이 꽃 피울 수 있도록 물을 줄 것이고
  어린 배롱나무가 꽃 피울 수 있도록 물을 줄 것이고
  어린 치자나무가 꽃 피울 수 있도록 물을 줄 것이므로
  이미 죽은 나를 그리워할 틈이 없겠다고 짐작한다

  내가 죽은 후에도
  먼 산과 마당에
  꽃들이 환하게 피어 있어
  먼 산을 바라봐도
  마당에서 서성거려도
  당신이 가슴 먹먹해지는 해가 오지는 않는다


  5
  서기 2053년이 지난 어느 해
  그러니까 당신기 100년이 지난 어느 해,
  꽃과 시를 유독 좋아하는 특별한 사람들이 나타나

마당에 꽃나무를 잔뜩 심어놓고 죽은 당신을

화신花神이라 여길까

시단에 시집을 잔뜩 내놓고 죽은 나를

시신詩神이라 여길까

별 볼 일 없는 인간으로 잊히고 있어

너무나 안타깝고 너무나 애석한 나머지

죽은 당신의 화훼 재배 기술을 프로그램화 해 탑재한

인공지능 화훼인花卉人을 만들어

널리 꽃을 키워 퍼뜨릴까

죽은 나의 시 창작 기교를 프로그램화 해 탑재한

인공지능 시인을 만들어

널리 시를 써서 퍼뜨릴까

그것은 당신기라는 연호를 쓰지 못하는

죽은 당신과 나에 대한 황당한 망상에 지나지 않겠지만

꽃과 시를 유독 좋아하는 특별한 사람들이 나타날 수도

있는

서기 2053년이 지난 어느 해

그러니까 당신기 100년이 지난 어느 해,

이미 죽어 있는 당신은 마당에 꽃나무를 잔뜩 심어놓은
당신 자신을 자애할까

이미 죽어 있는 나는 시단에 시집을 잔뜩 내놓은 나 자신을
자애할까

# 죽음의 완성
—당신과 나를 위하여

1

내가 당신이 되기 전에 나는 죽고 싶지 않다

당신은 풀을 캐어낸 그 빈자리에

달맞이꽃을 옮겨 심는다

뿌리 뽑힌 풀이 말라가고

달맞이꽃이 뿌리 내리는 시간에

나는 당신이 되어 살아보려고

당신이 하는 행위를 따라한다

잡초 우거지는 걸 싫어하고

야생화 우거지는 걸 좋아하는 당신은

당신을 따라 하는 나를 주목할 뿐이고,

내가 풀을 캐어낸 그 빈자리에

달맞이꽃을 옮겨 심으면

달맞이꽃이 자랐던 그 빈자리에

풀이 절로 옮겨와서 자라고 만다

기껏 내가 당신이 되어 살아보려는 시간은

풀이 뿌리 뽑힌 그 빈자리에 달맞이꽃이 뿌리 내리는

시간,

달맞이꽃이 자랐던 그 빈자리에 풀이 옮겨와서 자라는 시간,
　　잡초 우거지는 걸 싫어하지 않고
　　야생화 우거지는 걸 좋아하지 않는 나는
　　내가 당신이 되기 전에 죽고 싶지 않아도
　　당신이 되지 못하고 죽는다

　　2
　　내가 먼저 죽으면
　　미래에서 현재로 옮겨와서
　　당신이 심은 영산홍 꽃들한테
　　향기를 느끼련다
　　영산홍 꽃들이 낌새를 알아채고
　　향기를 퍼뜨리지 않는다면
　　내가 죽기 전 현재에서
　　당신이 심은 영산홍 꽃들한테
　　향기를 느끼던 법을 되살려 보련다
　　내가 들숨을 쉬기만 해도

향기를 퍼뜨리던 영산홍 꽃들,

내가 죽은 후 미래에서

당신이 심은 영산홍 꽃들한테

향기를 느끼고 싶었던 이유를 대야 한다면

당신이 영산홍 꽃들을 심은 속내를 알 순 없어도

영산홍 꽃들이 당신에게 향기를 가득 채운 덕분에

당신이 나보다

오래 살게 되었기 때문이라고 설명하련다


당신이 먼저 죽어서

미래로 간 뒤라면

내가 현재에서 들숨을 쉬기만 해도

당신이 심은 영산홍 꽃들한테

향기를 느끼게 된다


3

내가 죽기 직전에

어떤 표정일지 어떤 말을 할지

당신이 궁금해하지 않을 일을
살아 있는 나는 곧잘 상상한다

나는 죽기 위하여
잠시 후에 죽은 나를 미리 만나서
내가 죽은 직후에
죽기 직전에 지은 표정을 바꾸지 않는지
죽기 직전에 한 말을 또 하는지
질문을 하고는 답변을 들으면
당신에게 무심하게 전달할 것이다
죽은 내가 살아 있는 나를 보며 싱긋 웃고
살아 있는 내가 죽은 나를 보며 싱긋 웃으면
죽음이 완성되었다고
당신에게 무심하게 설명할 것이다

내가 완성한 나의 죽음을 확인한 다음에는
당신한테 누구를 부탁한다는 따위의 유언을 하지 않도록
당신한테 어떻게 하라는 따위의 유훈을 남기지 않도록

당신한테 무얼 해야 한다는 따위의 유지를 전하지 않도록
살아 있는 나는 생각을 중단한다

4
나는 당신이 죽는다는 소식을 듣게 될 것이고
당신은 내가 죽는다는 소식을 듣게 될 것이다
그때까지 살아 있는 나와 당신은
돈이 없던 걸로는 죽지 않을 사람으로
권력이 없던 걸로는 죽지 않을 사람으로
명예가 없던 걸로는 죽지 않을 사람으로
서로 인정해온 생각을 바꾸지 않게 될 것이다

당신이 죽게 된다는 소식을 듣고 나면
나는 당신이 죽은 후에,
내가 죽게 된다는 소식을 듣고 나면
당신은 내가 죽은 후에,
빗소리와 바람 소리를 듣지 못했으면 살지 못했을 사람으
로

꽃과 열매를 보지 못했으면 살지 못했을 사람으로
고통과 슬픔을 말하지 못했으면 살지 못했을 사람으로
서로 존중해온 생각을 다시 하게 될 것이다

돈으로 빗소리와 바람 소리를 살 수 없는 나와 당신,
권력으로 꽃과 열매를 가질 수 없는 나와 당신,
명예로 고통과 슬픔을 누릴 수 없는 나와 당신,
나와 당신이 이미 죽어 있다는 소식을 함께 듣게 된 후
나와 당신에 대한 여러 생각을 이렇게 한 생각으로 고치게
될 것이다
죽어 있는 나와 당신은 살아 있는 나와 당신이다

# 안락사*
—당신과 나를 위하여

1
시간을 누구에게도 알리지 않고
장소를 누구에게도 알리지 않고
당신과 나는 원해서
안락사한다
정말로 안락사했는지
당신과 내가 서로를 확인한다

생전에
잘 취하던 자세를 멈추고
잘 짓던 표정을 멈추고
당신이 죽어 있는지
내가 살펴본다
생전에
잘 끄덕이던 고갯짓을 멈추고
잘 흔들던 손짓을 멈추고
내가 죽어 있는지
당신이 살펴본다

당신의 귀에 나의 음성이 들리지 않는지
당신의 코에 나의 체취가 맡아지지 않는지
나의 귀에 당신의 음성이 들리지 않는지
나의 코에 당신의 체취가 맡아지지 않는지
당신과 나는 귀를 쫑긋거리고 코를 벌름거린다

안락사한 후의 당신과 내가
죽음에서
안락사하기 전의 당신과 나를
재현했는지
당신과 나는 서로를 확인한 다음,
생전에 당신과 내가 죽도록 살았는지
생전에 당신과 내가 죽도록 사랑했는지
당신은 당신에게 묻고 나는 나에게 묻는다

2
안락사한 당신과 내가

살아 있었던 당신과 나를 만나러 간다

살아 있었던 당신과 나는
스스로 태어나진 않았어도
태어났을 땐 환희하고 고통스러워했고
스스로 죽기를 바라서
죽었을 땐 무심하고 무념했다

생과 사를 고민하지 않아도 되는
안락사한 당신과 나는
살아 있었던 당신과 나를 만나서
비로소 완전체가 되어
생과 사를 무화시킨다

생의 환희와 고통과
사의 무심과 무념이
구분되지 않는 그곳,
신이 다다를 수 없고

인간만이 다다를 수 있는 상태에
안락사한 당신과 내가 다다라 있고
살아 있었던 당신과 내가 다다라 있다

살아 있었던 당신과 내가
안락사한 당신과 나를 만나러 와도 마찬가지다

* 시작 메모 — 한국에서 반드시 안락사를 합법적으로 정착해야 한다는 강한 열망의
표현으로 문장을 현재형으로 썼다. 현재 안락사를 허용하지 않고 있지만 머지않은
날에 실현 가능하다고 믿는다.

ⓒ 하종오, 2023

# 세 개의 주제와 일흔일곱 개의 서정

초판 1쇄 발행 2023년 08월 22일

지은이 하종오
펴낸이 조기조

펴낸곳 도서출판 b
등  록 2003년 2월 24일 (제2006-000054호)
주  소 08772 서울시 관악구 난곡로 288 남진빌딩 302호
전  화 02-6293-7070(대) 팩시밀리 02-6293-8080
누리집 b-book.co.kr 전자우편 bbooks@naver.com

ISBN 979-11-92986-08-1   03810
값_12,000원